孜孜不倦地
爱与被爱

毕淑敏 — 著

中国青年出版社

目 录

第三辑　爱我要长久

爱情是人间最真实最长远的关系之一，任何伪饰和装扮，都会在时间的冲刷下形销骨立，原形毕露。很多婚姻的破裂，最常见的理由是：对方婚后仿佛变了一个人。

第四辑　有爱就有痛惜

爱情是人生列车上的轮子，但不是火车头。一个人不可能只是为了爱情而活着，那样就迷失了人生的深邃意义。到头来，爱情也变成了虚空。

目 录

第五辑 可有婚姻樟脑丸

让我们婚姻腐败变质的种子，无处不在。防不胜防，堵不胜堵。你不必奇怪蛀虫从哪里而来，所有的土地中，都有鱼的种子，所以，也都有蛀虫的种子。

第六辑 家庭是会变形的镜片

真正的坚守，是没有人给予你任何承诺的，流逝的只是岁月，孑存的只是信念。一种苍凉中的无望守候，维系意志的只有心的一往无前。

第七辑　你要好好爱自己

美丽最好的朋友是幸福，一个不幸福的女人是挂相的。我们常常说某女人一脸苦相，其实女子年轻的时候，基本上都是天真烂漫的。但是你去看中年妇女，就能看出幸福和不幸福两大阵营。

第八辑　幸福在暗淡中降临

幸福盲如同色盲，把绚烂的世界还原成了模糊的黑白照片。拭亮你幸福的瞳孔吧，你就会看到被潜藏、被遮掩、被混淆的幸福如美人鱼一般从深海中浮现，哺育着我们。

跋

第一辑

为什么我爱你

在生和死之间，
是孤独的人生旅程。
保有一份真爱，
就是照耀人生得以温暖的灯。

与教授
远行

教授是一位独身的老女人，从学院调来搞金属矿山的研究。她的第一件工作是到云南的深山调查情况。我想与她同行。

她的目光从老花镜的上方平行射我，说，我历来不愿意同女人一道出门。

我扑哧乐了，说，咱们俩怎么那么像？

于是两个都不喜欢女人的女人并肩远行。

教授步态已略显蹒跚。到了机场，我要去办登记手续，教授抢去所有证件，说：你不要以为我需要你照顾。

从此，我与教授平等相处。有一个旅客小声问我：她是不是你妈妈？吓得我像黄继光堵枪眼似的糊住她的嘴。

教授处处要表现年轻。

到矿山去了解农民乱采乱挖矿石的情况，现场在高陡的崖坡。

您就不要去了，教授。我们可以给您看照片，放录像，找人座谈。当地人说。

录像我在北京就可以看，下来就为看真相。请准备一双小号工作靴。教授不由分说。

最小号的靴子套在教授脚上，还是像灾年的花生壳。教授走到桌前，扯下几张报纸，卷卷折折，塞进靴里，然后说，我左脚踩了四版日报，右脚踩了八版晚报，现在可以上山了。

向导在前，教授居中，我殿后。在锐利如鱼脊的山背上，早已呼哧带喘的教授突然止步不前。我说教授走啊。教授说，我走不动了。我说那咱就回去。教授用仅有的气力斥责我说，那怎么行！我说那也不能老趴在这儿，就是不跌下去，风也会把我们飕出窟窿。

教授不理我，任山风在我们的脚下打着旋涡。折断的草茎和破碎的花瓣漂浮空中，勾勒出这一朵风和那一朵风的边缘。太阳明晃晃地刷着我的眼。恍惚中以为是自家的露台。我不断提醒自己，可千万不要一高兴松了手。

过了许久，教授朗声说：我好了，走。

当地人说，这么老的婆婆，该在家抱孙子的。没想到这样好的精神，大约常吃人参。

好客的云南人，太爱给人吃过桥米线。教授不喜吃，就说，吓！你看这个碗有多大，可以把我的脸盛进去。

教授的脸小而尖，透出年轻时的端丽。那个碗的确可以给教授当镜子。她不由商量把米线夹给我。

我说，教授，我也……

教授说，以往人出来，吃不了的饭都是助手帮助解决。

最后我剩下了大半碗米线，实在无力克服。教授就说，浪费！太不像话。

半夜的时候，教授敲我的门，说，我饿了。然后眼巴巴地看着我。

我说，我只有大大泡泡糖，橘子香型。

她皱着眉说，甜吗？我从来没吃过那东西。

我说，甜得让您立即长出龋齿。

她说，那太好了。糖的分子式都是一样的。我低血糖。

我说，这么晚了您还没睡。

她说，我已经起了。那么多数据要处理。

我说，注意泡泡糖嚼完了就吐掉，不然泡泡会粘到您的眼镜上。

第二天早上，她说，泡泡糖还挺灵。女伴也有好处。

汽车在莽莽苍苍的哀牢山脉穿行，果酱色的红河水在几百米深的谷底从容蠕动。汽车行驶到某一特定角度，红河水会突然耀起金箔似的闪光。我们不时与拉香蕉的货车相遇，由于道路太窄，小车只好仄起半边轮子，容那翠绿色的庞然大物先行。

在浓郁的青香蕉气里，我问教授，您这一生是否有过刻骨铭心的爱情？

她警觉地问，你这是什么意思？

我说，没什么意思，只是好奇。像您这么美丽的女人，不会没有人爱。

她说，我年轻时并没有你想象的那样美丽，是老了才有人说这个词。

我说，女人一般是越老越显出憔悴琐碎之色，您与这规律不符，说明了您内心的善良和开朗。

她沉吟着说，我十几岁的时候，非常仰慕我们工作队的队长。工作队你懂吗？

我说，教授，我远比您想象的要渊博。

教授接着说，我那时只是一名普通的大学生，我不知道怎样才能表达我的感情，关键是我不知道他怎样看我。后来他得了疟疾，每天都要按时服药，要不然会引起猛烈的发作。看着他生病，我焦急得不行，恨不能把病从他的身上抠下来移植到自己身上。有一天，他说，麻烦你把金鸡纳霜拿来，它就放在我的桌子上。我一溜风跑到他的办公室，但他的桌面干干净净，连图钉也没有一颗。我怕误了他用，就四处翻找。他的抽屉平日都是锁着的，那一天却忘了。我看到抽屉里的金鸡纳霜的瓶子，还看到瓶子下面有一封信。正确地说，那一封信的草稿。信没有抬头，但我看出他是给我写的，历数了我的种种缺点错误……

那都是些什么批评，能否告诉我？

当然可以。无非是柔弱伤感，爱穿鲜艳的衣服，爱唱浪漫的歌。

就这些？

就这些。

教授看着窗外一株株挺拔的柠檬桉，平静地说。

我知道当年她绝不是这样平静。但纵是一块黄连，咀嚼太久后，味也淡然。

后来呢？我问。

后来我就把金鸡纳霜给他了。

我不是问的这个后来。我问的是别的后来。我说。

没有后来。后来，他的病好了，调到更重要的地方去了。再也没见过。她说。

可是那封信？您说过它是草稿。

是的，是草稿。它就一直没有被正式抄定，更没有被装进信封。

后来您问过他这件事吗？

没有。他对我是那样的看法，我不好意思再同他讲话。可以聊以自慰的是，现在的我已同那时的我大不相同。

一棵英雄树闪过。因不是开花的季节，没有诗人们讴歌的壮丽景象，静静地屹立着，很普通。

我微笑着思忖着说，教授，您到今天还没有想清这是怎么一回事吗？

她说，怎么一回事？我真奇怪今天为什么要对你说这些。下次还是带个小伙子好，没这么啰唆。

我说，教授，您听我说。在以后的年代里，您就一直在改正他指出的缺点，但再也没有碰到像他那样的人。我说得对吗？教授。

教授说，带着你远行，是我的重大失误。

我说，教授，您不要自欺欺人。我来戳破窗户纸。他给您的实际是一封情书，金鸡纳霜就是信使。一切都是预谋，当然疟疾是真的。队长平日忙，在病中才有时间谈论感情。有许多爱情诞生于疾病的土壤，犹如最上品的茶树长在荒瘠的山坡。在那个年代，作为一个真正的布尔什维克，他以为对一个女孩最大的热情，就是狠狠指出她的不足……

猛烈的急刹车，因为一个穿着鲜艳到繁杂的少数民族少女横穿公路。她摇着满头的银饰调皮地笑笑，全然不理会我们的头撞出青包，飞快地跑了。

教授若有所思地说，我那时和她一样年轻。

您现在是否还想知道他的下落？我试探着问。这一次可实在没有把握。

想，她干脆而果决地回答。我依稀看到一个穿列宁服的女孩活跃在教授瘦小的轮廓里，将她苍白的鬓发蜕成乌黑。

那我可以把咱们的云南之行写成一篇散文，把它登在报纸上。散文都是真事，也许当年的工作队队长会在遥远的地方看到这篇文章，也许会给编辑部写一封信，找到了我就找到了您。我说。

好，她干脆地说。我看到木棉花一样的热情在她的眸子里开放。

之后，我们久久地无话，像两个拳手酣战后歇息，专心听亚热带的风在橡胶林里呼叫。

返程的时候，教授已用收集来的资料，写出了极有价值的经济政策研究报告。到达机场，教授依然忙不迭地取了我的一应证件，去办登机手续。

我坐在候机室舒适的皮椅上，注视着教授略带佝偻的背影。

教授，我知道您为何这样匆匆。

您是怕我拿了您的证件，就知道了您的真实年龄。

教授，何必呢，其实我早已知道了您的年龄。您在我心中永远年轻。

剩女出嫁

现如今的剩女，多数是 20 世纪 70 至 80 年代的"产品"，她们是时代列车的特殊乘客，前无古人，后无来者。容我大胆地预测一下，以后的年代，难得有这样大规模的剩女集团军了。因为这一代剩女，已经用自己的蹉跎经历，提示了未来整整一百年内的中国女子，等待就是放弃，不能坐失良机。不信，你看看如今的征婚启事，刚刚二十岁出头的小闺女，就在那里张罗着虚空的缘分和脚踏实地的有房有车了。

如果是一筐苹果，任人挑选，那么剩下的一定是皱烂有虫的酸果。如果是一座楼宇，尾房多半是朝向和风水上有着这样那样的纰漏。如果真是一点褶子都没有"尾"在那里，买家几乎要怀疑那是否凶宅，反倒越发地不放心。总之，剩的就是坏的，几乎是铁律。

但是，剩女可不是这样，令人扼腕。她们往往是优秀而雅致的女子，学识高，钱多，容颜身材也多居上乘。

这就令人不解。众人不解，剩女们也不解——我们这样出类拔萃，为什么反倒嫁不出去？男人啊，你们真是集体眼盲了吗？

有人说，剩女不是时代或是他人造成的，剩女是她们自己造出来的。

孜孜
不倦地爱
与被爱

　　剩女这传统，古而有之。

　　那些最美丽的女子，有些原本是悄然等着进宫的。她们怀揣着幽深梦想，期待有一天会守候在君王之侧，倘生下龙子，就有可能贵为国母。那些稍逊一等的女子，等着被达官贵人或是公子王爷看中，步入深宅大院，或是红袖添香，或是作威作福。特别爱洁净又清心寡欲的女子，因了种种的未如意，多半入了尼姑庵，后来又有了当修女这扇小门，进入后，从此离人间远、离天堂近了。靠出卖体力帮工过活的女子，就死心塌地当一辈子的管家或是女佣，也马马虎虎落得个轻手利脚温饱尚可。

现如今，这些个秀美女子的太平门，几乎都被堵死了。过去上等的姑娘是可以等的，好容貌好学识好脾气，如同香花一样在十里八乡传布。于是就有闻讯而来的媒人，首先为乡绅或是官吏等衣食丰饶之家来说亲。那时是可以三妻四妾的，那时的女人都活得短暂，因了生育或是疾病，往往早早就谢世了。于是候补上来的夫人，也有可能铺排出山花烂漫的日子。纵是自己有几腔苦水想倾倒，深宅大院的，也流淌不出来，无人知晓，传播出去的还是好福气的名声。

如今的剩女们，还在苦心经营地等，健身啊练瑜伽啊学插花食道兼修肚皮舞啊……却忘了一个冷酷现实——当你把自身修炼得珠圆玉润时，那些最优等的男子已被人捷足先登追求走了。记得哪位伟人说过，男子长期保持未婚状态，其实是有不忠和通奸的嫌疑。真正的好男子，极少长久孤身。不仅事业上打拼超越，他们也是有道德和良知的。他们有好的体力，自然也有好的情欲，为什么不顺应天时呢？结了婚，过得自在，也不会轻易抛弃了结发的妻，娶回一个踌躇意满的剩女为孩儿的后娘。

偏偏现代的医学技术又突飞猛进地发展，人的平均寿命已经超过了七十岁，特别是城市的女子，干脆瞠目结舌地过了八十岁这道大坎，这就让剩女走续弦预备队的可能性也大大地渺茫了。

剩女们初长成的时光，正是中国开放和发展风起云涌的时代。剩女们那一刻风华正茂，青翠欲滴。她们笃信时代不同了，男女都一样。她们认为只要自己有学识有力量，就可以逢山修路遇水架

孜孜不倦地爱与被爱

桥，有本领就有了一切。却不想，古老的法则在择偶问题上那样僵化，朴朴素素仅一条——先下手为强，后下手遭殃。除了捷足先登，再无良方。总裁和博士，那时还是潜伏很深的青涩小伙儿，峥嵘之角只是额头柔软的小凸起，一碰就破。

我的一位老朋友之女，想向我咨询一下自己缘何成了剩女。我说："在咨询室之外，我不接收咨询的任务，尤其不接熟人的咨询。那样，对我不好，对你更不好。"

她叫青桦，说："对您不好，我可以明白。比如打扰您的休息啊，您说深说浅都不是啊，还有，您不好意思拿咨询费。"

我说："青桦你说得都不错，但最主要的是这违背了咨询的法则。咨询师和来访者，不能有双重关系。你到底是我的咨客呢，还是我的熟人？这个问题会困扰咨询师。"

青桦说："那您不能克服一下吗？"

我说："不能啊，青桦。心理咨询师是人不是神，凡人所具有的弱点他都可能具有。咨询师必须遵守的所有规章守则，都是付出了沉重的代价甚至包括鲜血才换来的，这就像电工在维修电器之前，必须要保证电源是关闭状态。虽然简单，但违背可能致命。"

青桦说："好吧，我知道了不给熟人做咨询是咨询师的守则，这对咨询师不好。但您刚才说这对来访者也不好，我却有点想不通。比如我找您咨询，我跟您熟，信任您，心里一点也不害怕不畏缩，这对于建立关系来说不是非常好的开端吗？"

我说："青桦，你还挺懂行的。咨询是一个整体的过程，并不仅仅限于开头。照你说的，因为熟，所以你不怕我。这诚然不错，但进行下去，我说的话你也可以因为熟悉，就置若罔闻。我没有法子维持咨询中应有的张力，也不能确保自己中立的态度，无法全心全意地来帮助你成长，这不就是对来访者最大的不利吗？"

青桦说："嗨！想不到因为我妈妈和您是朋友，我就没有机会找您咨询了。"

我说："天下的好咨询师很多，我这就给你介绍几位。"说着，我就开始给她写咨询师的地址和电话。

青桦说："那如果我不是咨询，只是想从您是我妈妈好朋友的角度，听听您的意见，您可以说吗？"

我说："那当然可以。你不要把这当成是一次咨询，我也不把你当成来访者，咱们聊聊天。青桦啊，那你可就要听好了。"

青桦说："哎呀，看您这样子，可比咨询时厉害多了吧？"

我说："今天我的身份，就是你一阿姨，是从小看着你长大的长辈。我说的话，有可能不客气，你如果不乐意了，可以起身就走。"

青桦说："洗耳恭听。"

我说："如果你不打算成家了，这是一个重大的决定。因为你不但要对抗世俗的眼光，你还要对抗自己的荷尔蒙。走一条和别人不同的路，和大多数人不同的路，这是一个峻厉的挑战。我希望这是一个人清醒成熟的主动选择，而不是一拖再拖，成为被动局面的一个遁口。两者的结果看起来似乎是一样的，都是一个女子孤身走过一生，但实际上的感受会大不相同。"

青桦说："我只是一个寻常女子，我还是希望按部就班地走完普通女人的一生。"

我说："第二个是请你放下幻想，准备斗争。"

青桦吓了一跳，说："我和谁斗争啊？"

我说："别这么紧张，和自己斗争。就是说，你对婚姻不要抱

有太多的梦想，它是一种亲密关系，没有血缘濡养的亲密关系。它比你以前经历过的所有事情都复杂，你要做好充分的心理准备。要有耐心和恒心，要有勇气和责任。"

青桦笑起来，说："这可真不像心理医生了，像我妈。我妈就这样说个不停。"

我说："我不会说个不停，只说这一次。但这个世界上有什么紧要的好事情，不需要耐心、恒心、勇气和责任感呢？有些话，因为说得太多，就失去了新鲜感。但爱情和家庭都是很古老的东西了，你不要太期望新鲜，还是相信古老吧。"

"第三点，"我说，"那就是你要抓紧。记得有位伟人说过，抓而不紧，等于不抓。在婚姻这件事上，既然不打算独身到老，就要积极行动起来。"

青桦说："那我岂不变成了花痴？"

我说："别打岔，听我说。我可不喜欢小孩子插科打诨故作幽默。"

青桦说："您的来访者对咨询者也会这样说话吗？"

我说："一般不会。看心理医生是一件严肃的事情，来访者知道分散精力，浪费时间，得不偿失。时间都是他自己的，是用金钱买来的。当然如果他一定要这样表达，我会和他讨论真正的花痴是什么意思，请他说明白。"

青桦撇撇嘴说："哎呀，对花痴，我也不很了解。只觉得武侠小说中一碰到傻呵呵爱恋着的女子，见了帅哥围追堵截不放手，就会被人这样骂。"

我说："你知道我是当过几十年医生的人，依我的医学知识，'花痴'其实是中医的一种病名，也就是现代医学所说的'性欲亢进'。无论男女，如果对性行为要求过于强烈，成为一种疾病的话，大夫们就会下这个诊断。主要症状有：性兴奋出现频繁，性要求异常迫切，性生活频率增加，房事时间延长……"

青桦吓得直眨巴眼睛："呀，好吓人！再不敢乱用这个词了。我不是花痴。"

我说："那就不要给自己乱扣帽子，武侠小说并不是真实的生活。咱回到'抓紧'上面。"

青桦说："您说我怎么抓紧呢？"

我说："这可就是你自己的事了。不要推诿责任，把这事推给父母，推给缘分，推给老天爷，推给我这样的人……这不是我们这帮人的事儿，是你自己的事儿。"

青桦说："还有第四条吗？"

我说："没了，已经够多的了，如果你能把这三件事做好了，这事儿基本上就解决了。"

青桦说："毕阿姨您再想想，还有什么可补充的？"

我说："没有补充的，但有提醒的。"

青桦说："关于对方的家世？人品？身高？职业？学历？长相？籍贯？"

我说："都不是。这是你考虑的问题，我哪里知道？我要提醒的是你的价值观。"

青桦大笑道："您现在倒是真的不像心理师了，像我们学校的政治辅导员。"

我说："青桦，看来你真是没有做过正规的心理治疗。其实，心理师和来访者在咨询室里，最常讨论的就是价值观问题，只是可能用的不是我这种语气。"

青桦说："阿姨，谈对象怎么谈到价值观上了？好像在上一堂马哲政治课。"

我说："并不是只有马克思主义哲学才讲价值观，封建主义、资产阶级照样有价值观，而且无所不在地渗透到各个领域。两个相爱的人，如果在生物属性上特别相宜，但在价值观道德观上剧烈冲突或者干脆背道而驰，那么恋情可以一触即发，但婚姻常常饱含危机。这就是我要给你的提醒。"

青桦是个聪明的姑娘，频频点头。我不知道这些话她真明白了，还是出于一种礼节。

过了一段时间，青桦开始恋爱了。又过了一段时间，青桦说她要结婚了。她来给我送喜帖，说："毕阿姨，我愿意您把我的故事写出来。"

我说："你有什么故事啊？很多人都觉得自己的故事值得写出来，其实这有点自恋，多半高估了自己。你经历的基本上算是平常女子的简单问题。"

青桦说："给剩女看啊。人们以为剩女出嫁很难，其实并没有那么难，我能现身说法。"

我说："世上无难事，只要肯登攀。这事还不用登攀，只要眼睛向下一点，目光放久远一些，就走出自己的路了。"

爱的奇谈怪论

爱是人们常常谈论的话题，因为在空气、水分、食物和安全之后，就是我们的爱了。比如安全这个问题，表面上看来是对环境的要求，其实是一种爱的深化，我们只有在爱中，才感觉自己有价值，是值得爱护、保护、珍惜和发展的。一个丧失了安全感的人，是无法从容爱自己和爱世界的。比如人际关系，更是爱的浓缩和放大。难以设想一个不爱他人的人，会有广泛的朋友和良好的社会关系。当然，他的身旁可能会聚集着一些人，但那不是心灵的需要，只是利益的驱使。谈到自我实现，更是爱的高级阶段。因为你的爱超越了一己的范畴，才扩展到更广阔的人和事物。在这种升腾与弥散的过程中，爱变成一种柔和的光芒，从一个核心的晶体稳定地散发着，把温暖和明亮播扬到远方。

但是，当人们议论起爱的时候，却有着许多混淆和迷乱的地方。爱成了一个花脸，大家都随心所欲地涂抹着它的面孔，把自制的油彩敷在它的嘴角和眉梢。爱于是变得面目诡谲起来。有几个流传很广的说法，我想提出讨论。

其一，爱和年龄有关吗？

孜孜不倦地爱与被爱

这是人们通常不付诸书面，但彼此心照不宣的概念。具体意思是——只有年轻人才享有充沛富饶的爱意，它的浓度随着年龄的增长而逐步递减，从高耸的爱的山峰萎缩至贫瘠的爱的荒原。由于这一假设的存在，年轻人因此而沾沾自喜，觉得自己仿佛享有一个爱的太平洋，可以不加计算地挥霍爱意。上了年龄的人则很气馁，当谈到爱的时候，很有一些"王顾左右而言他"的窘迫。爱的门扉已经像一家到了下班时间的商场，缓缓关闭。店员们带着疲惫的笑容在重复着"谢谢光临"，你也花光了所有的积蓄，即使别人不翻白眼，自己也无颜再耽搁，只有缩起脖子夹着尾巴却步抽身，才是明智之举。

有一种影响约定俗成，那就是——爱，似乎是年轻人的专利，或者只有他们才有深入探讨这个话题的必要。当说到中年或老年人的爱意时，人们会扭扭捏捏地觉得那是一种爱的残次品，不那么正宗，不那么地道。比如在形容青年以上年纪人的爱情的时候，基本不会用"火热"这个词，而只以"温馨"代替。毋庸置疑，"温馨"比"火热"的温度，要差着好几个数量级呢。

在人们约定俗成的看法中，爱是有年龄限制的。它大量地存在于生命旺盛的青少年时期，而较少地分泌于生命渐趋平稳和衰落的成熟期及晚期。

这岂止是谬误，首先是奇怪的。它把爱这种密切属于人类的高等和神圣的感情，简化到相当于睾丸素、黄体酮之类内在的激素分泌物和诸如皱纹与胡须这种简单的外在指标了。

这必然首先涉及爱是一种生理现象还是一种精神现象？

持"年轻人拥有最多的爱意"的看法的人，其实是把爱定位在激素特别是性激素的产量上了。如果这样来看，年轻人是一定会把老年人打败的。但不幸或者有幸的是，爱是一种精神的状态，是一种需要不断修炼和提高的艺术，是一种积累经验审视自我的完善过程。因此，爱是和年龄无关的。

证据就是，爱可以在年轻人那里发生，也可以在老年人那里发生。从人类出现以来的无数故事和历史可以证明，爱不是年龄的产品，而是心灵的能力。

其二，爱和对象有关。

中国有一句俗语，现在被人用得越来越多了，那就是——遇人不淑。原来这是女人专用的，如今也常常听到被抛弃和被耍弄的男人长吁短叹此词。爱错了人的惨剧，古往今来，总是屡屡发生。人们在唏嘘之余，总是悲叹那薄命女子痴情汉，怎么不把眼睛拭亮，偏偏遇到了不该爱不能爱的人，稀里糊涂地就爱上了，且爱得水深火热！

于是顺理成章地归纳出：在此情此景中，爱是没有过错的，错的是那爱的对象，不能承接爱，不能感悟爱，不配得到爱……总之一句话——所爱非人。不是有一首很有名的歌吗，叫作《爱上一个不该爱的人》……

这就很有一点讨论的必要了。

爱在这种悲剧中，似乎是孤立的一盆水，可以从楼台上闭着眼睛，泼到任何一个人的头上，凭的是冥冥之中的概率。这和那个施爱者是没有关系的。甚至有一种可怕的论调，爱是盲目的，爱是碰运气，爱是不可知不可测定的，爱是没有规律的……

爱在这里蒙上了宿命和诡谲的色彩，被妖魔化之后，躲在命运

的山洞里，伺机以画皮的模样谋害我们。

这样把少数人的愚蠢所导致的失利，来嫁祸在爱的清白之躯上，是不公平和不正派的。

爱是一个正常心智的明媚选择，它积聚了一个人的精神能量和所有的素养智慧，是综合力量的体现。它首先表现为施爱者是有力量和有眼光的。如果你根本没有爱的能力，好比压根儿不会游泳就误入爱的海洋，你被淹得两眼翻白，甚至有生命危险。但这不是海水的过错，这是因为你对自己技艺判断的失误。这是你的责任，怎么能迁怒于一望无际波澜壮阔的大海呢？人们对于自然界是如此宽宏大量和轻易理解，为什么就对与我们休戚与共的爱，如此苛求相逼呢？这后面是否掩藏着我们人类对自己的宽纵和对无言情感的肆意欺凌呢？

你爱错了，责任在你。不但说明你的眼睛不亮、视力散光、聚焦不准，而且说明你根本就不懂什么是爱。灾祸发生之后，搞清楚责任，是一件很痛苦和扫兴的事情，特别是在枝蔓生长到一败涂地的时候，挖掘出最初那悲惨的种子，发现原来竟是自己亲手播种的，当灾异显出狞恶之相时，自己非但没有亡羊补牢斩草除根，反倒以血饲虎姑息养奸以致贻害无穷……你需要极大的勇气和力量审判自己。甚至可以武断地说，由于这类悲剧事件的主人公，原本就对爱的理解颇为肤浅偏颇，当他们气定神闲的时候，你都不能指望他们的明智与清醒，在危机翻江倒海而来的时候，期待他们能有很好的自省力度，几近奢望。同时，我也深信，不幸的现场，如果善加发掘，是一堂虽然付出高昂学费，但也会物有所值的宝贵课堂。有时，幸福这个老师，和颜悦色地教授给你的学问，绝对逊色于灾难声色俱厉的鞭挞。可惜的是，浑身伤痕的爱的败阵者，怨天尤人地呓语着，骂遍了天下人，单单饶过了自己。所以，我很想煞风景地提醒一下善良的人们，对于爱的战役中的败将，如果他或她没有对自身的反思和批判，如果在交了一笔昂贵的爱的学费之后，学会的只是指责怨恨，那么，无论他或她显出多么楚楚可怜的模样，你可以帮助以金钱，却勿倾泻情感。他们不懂真爱，还须努力学习。

　　搞清爱的最主要方面，不在于爱的对象，而在于爱的主体，这是沉冷峻严的判断。当你在人世间进行着种种知识积累的时刻，你还须不断地历练对于爱的思索和实践。你要善于总结经验。如果不把主要的光圈聚焦在自己的爱的基准上，而只是在大千世界的林林总总中发泄怨气、推卸责任，你就不但受到了来自他人的情感重创，而且还丢失了以后避开类似伤害的亡羊补牢的篱笆。

　　有很多人以为，只要成功地找到了一个可以爱的人，爱就如霍乱病菌一般，自动地以几何数量级地滋生起来，剩下的事，就是不断地收获爱的果实了。他们以为，爱主要是一个寻找的过程，找对了，就一好百好，找错了，就一了百了；爱是一件虎头蛇尾的事，成败仅仅维系在开端部分。

　　于是，找到那爱的对象就成了千钧一发生死未卜的事情。此事一完成，就马放南山、刀枪入库，只剩等着岁月这个发牌员，验证我们当初押下的签了。

　　爱是一时一事还是一生一世？

　　爱是一锤定音还是守护到白头？

　　爱是一失足成千古恨还是勤勉呵护日积月累？

孜孜
不倦地爱
与被爱

爱是变数还是常数？爱是概率还是守恒？

……

你的爱情等待你的看法。你的爱情验证你的看法。你能够有什么样的爱情观，你就有什么样的爱情。你的观念就是你的命运。

原谅我说得这般决绝甚至带有一点霸道。因为它实在太简单了。引发悲惨结局的，常常不是对复杂事物的判断，而是对常识的藐视和忽略。

紫色
人形

那时我在乡下医院当化验员。一天到仓库去，想领一块新油布。

管库的老大妈把犄角旮旯翻了个底儿朝天，然后对我说，你要的那种油布多年没人用了，库里已无存货。

我失望地往外走，突然在旧物品当中，发现了一块油布。它折叠得四四方方，从翘起的边缘处，可以看到一角豆青色的布面。

我惊喜地说，这块油布正合适，就给我吧。

老大妈毫不迟疑地说，那可不行。

我说，是不是有人在我之前就预订了它？

她好像陷入了回忆，有些恍惚地说，那倒也不是……我没想到把它给翻出来了……当时我把它刷了，很难刷净……

我打断她说，就是有人用过也不要紧，反正我是用它铺工作台，只要油布没有窟窿就行。

她说，小姑娘你不要急，要是你听完了我给你讲的这块油布的故事，你还要用它去铺桌子，我就把它送给你。

我那时和你现在的年纪差不多，在病房当护士，人人都夸我态

度好、技术高。有一天，来了两个重度烧伤的病人，一男一女。后来才知道他们是一对恋人，正确地说是新婚夫妇。他们相好了许多年，吃了很多苦，好不容易才盼到大喜的日子。没想到婚礼的当夜，一个恶人点燃了他家的房檐。火光熊熊啊，把他俩烧得像焦炭一样，我被派去护理他们。

一间病房，两张病床，这边躺着男人，那边躺着女人。他们浑身漆黑，大量地渗液，好像血都被火焰烤成水了。医生只好将他们全身赤裸，抹上厚厚的紫草油，这是当时我们这儿治烧伤最好的办法。可水珠还是不断地外渗，刚换上的布单几分钟就湿透。搬动他们焦黑的身子换床单，病人太痛苦了，医生不得不决定铺上油布。我不断地用棉花把油布上的紫色汁液吸走，尽量保持他们身下干燥。别的护士说，你可真倒霉，护理这样的病人，吃苦受累还是小事，他们在深夜呻吟起来，像从烟囱中发出哭泣，多恐怖！

我说，他们紫黑色的身体，我已经看惯了，再说他们从不呻吟。别人惊讶地说，这么危重的病情不呻吟，一定是他们的声带烧煳了。我气愤地反驳说，他们的声带仿佛被上帝吻过，一点都没有受伤。别人不服，说既然不呻吟，你怎么知道他们的嗓子没伤？我说，他们唱歌啊！在夜深人静的时候，他们会给对方唱我们听不懂的歌。

有一天半夜，男人的身体渗水特别多，都快漂浮起来了。我给他换了一块新的油布，喏，就是你刚才看到的这块。无论我多么轻柔，他还是发出了一声低沉的呻吟。换完油布后，男人不作声了。女人叹息着问，他是不是昏过去了？我说，是的。女人也呻吟了一声说，我们的脖子硬得像水泥管，转不了头。虽说床离得这么近，

我也看不见他什么时候睡着，什么时候醒。为了怕对方难过，我们从不呻吟。现在，他呻吟了，说明我们就要死了。我很感谢您。我没有别的要求，只请您把我抱到他的床上去，我要和他在一起。

女人的声音真是极其好听，好像在天上吹响的笛子。

我说，不行，病床那么窄，哪能睡下两个人？她微笑着说，我们都烧焦了，占不了那么大的地方。我轻轻地托起紫色的女人，她轻得像一片灰烬……

老大妈说，我的故事讲完了，你要看看这块油布吗？

我小心翼翼地揭开油布，仿佛鉴赏一枚巨大的纪念邮票。由于年代久远，布面微微有点粘连，但我还是完整地摊开了它。

在那块洁净的豆青色油布中央，有两个紧紧偎依在一起的淡紫色人形。

孜孜不倦
地爱与被爱

如今很少有纯净的爱情了。

有位姑娘告诉我，她的爱情像牛奶一样洁白芬芳。我沉浸在感动中尚未拔出，她补充说，您别高兴得太早了，如今牛奶里面也夹杂了激素和抗生素。这话是早些年说的，如果放在今天，也许会说里面掺了三聚氰胺。

我无言。

记得看过一个如何养殖奶牛的科教片，说的是第一次挤奶时，万万不要挤奶太多，那样把奶牛挤得太苦，涸泽而渔，奶牛就会瘫痪，再也挤不出牛奶了。

现代的男生女生们，不要在第一次爱情到来的时候，就挥霍了所有的真诚。

人类的爱情，也是由复杂的化学过程来诱发、表达以及加固的。其实，所有的心灵活动，包括对美和丑的感知，包括爱与恨，都是通过复杂的化学过程来完成的。只不过，我们对此所知甚少。

人类已有的知识，与庞大的未知世界比较起来，实在是九牛一毛。人类对于心理层面的爱情奥妙研究有限，对于物质层面的感情发生原理，所知更是凤毛麟角。这一切，都使得维护爱情有了一种艺术般的未知感。

爱不仅仅是一种情感，更是坚守一生的契约。没有承诺的爱情，迟早会走向崩毁。

爱情的承诺，说可信也可信，有的人就为了一句承诺，可以被水淹死，可以等上一辈子无怨无悔。说不可信也是完全有道理的。絮语如尘，承诺袅袅。什么海誓山盟，都可以一风吹了。

我这里所说的承诺，不是表面上的甜言蜜语，而是一种精神上的相依为命。

一直以来，我们因为期待着爱与被爱，才这样孜孜不倦地活着。在爱中，我们也可以孜孜不倦地死去。

有一年南方大雪灾之后举办征文，我担当评委。看到那个因为砸冰而牺牲在倒塌电塔上的烈士的事迹时，热泪滚滚。他被悬挂在钢筋犬牙交错的电塔上，大约一个半小时之后，救援人员才艰难赶到。英雄最后终因伤势过重而牺牲。

在生命最后的时间里，他挂在岌岌可危的断裂高塔之上，想的是什么？在最后关头，他发了手机短信：老婆，我爱你和孩子……

他妻子最后悔的事，是当时正忙着烧火给孩子们取暖，没有回复这条短信……

孜孜
不倦地爱
与被爱

纸水牛，
你不要帮忙

　　女人与水是永不干燥的话题。在我的祖籍山东，有一古老的习俗。哪家的女人死了，在殡葬发送的队伍中，定要扎头肚子大大的纸水牛，伴着女人的灵柩行走，在陪女人灵魂上西天的途中，帮她喝水。

　　风俗说，哪个女人死了，她一生用过的水，都将汇集一处，化作条条大河。波涛翻卷而来，横在女人通往来世的路上，阻她脚步。

　　假如那女人一辈子耗水不多，就轻轻松松蹚过河，上岸继续西行。但女人好似天生与水有仇，淘汰漂洗，一生中泼洒了无穷无尽的水。平日细水长流地不在乎，死后一算总账，啊呀呀，不得了，水从每个湿淋淋的日历缝隙滴出，汪洋恣肆。好在活人总是有办法的，用纸扎出水牛，横刀跃马地助女人喝水，直喝得水落石出了，女人才涉江款款赶路。如果那是一个生前特别爱洁净特别能祸害水的女人，浊浪排空，十万火急，她的亲人就得加倍经营出一群甚至几群纸牛，匹匹腹大如鼓，排在阵前，代人受过。

　　初次听到这风俗，我先是感叹先民对水的尊崇与敬畏。故乡毗

邻大海，降雨充沛，并不缺水。但农人依旧把水看得这般崇高，不但生时宝贵，死后也延续着掺杂惧怕的珍爱。

其次便是惊讶在水的定量消费上，性别差异竟如此显著。特地考察一番，那里的男人纵是生时从事再挥霍水的职业——比如屠户（窃以为那是一个需要很多水才能洗清血迹的行当），死后送葬也并不需要特地扎纸水牛陪伴。只要一夫当关，足可抵挡滔滔水患。

三是惊讶于我们民族中"糊弄事"的本领泛滥。惯于瞒天瞒地，如今也瞒到了清水衙门身上。且不说一头牛喝水量有限，单是那牛周身用纸，就很令人担忧。只恐它未及吞水，自己先成了河边糊里糊涂的纸浆。

细想来，这风俗中也埋着深刻的内涵——在生活用水的耗竭上，女人有着义不容辞的责任。

女人，一生要用掉多少水啊，我们荡涤污浊，我们擦拭洁净……有哪一个步骤能离开水的摧枯拉朽、鼎力相助？包括女人自身的美丽与清香，水都是最坚实最朴素的地基。水是女人天生和谐的盟友，水是女人与自然纯真的纽带。

多少年来，女人忽视了水，淡漠了水，抛洒了水，轻慢了水。水是宽容温和的，一如既往地善待女人，以至于在很长一段时间内，女人以为水至柔无骨，取之不尽用之不竭。终于，水在无穷无尽的消耗中衰减了，倦怠了，纤细了，肮脏了……女人们才从梦中惊醒，听到水渐渐疲弱的叹息。

为什么要靠纸做的水牛帮忙，女人才能横渡生前用水汇聚的江河湖泊？假如女人一生节水，每一滴水都用得其所，逝去的女人自会分水之法，平安地从水面飘逝，进入物质不灭的新循环。假如那女人损水无数，缺功少德，又不知悔改，纸水牛，你切不要帮她！让她在自己一生铺张的水中沉没，化作一尾小鱼，从此以自己的生之冷暖记得，水的恩德与重要。

孜孜
不倦地爱
与被爱

既要嫁得好，也要干得好

　　若干年前，某机构邀请我做一场辩论赛的评委兼点评，我看了题目——你喜欢干得好还是嫁得好？没敢接下这份信任。因为我向往的是鱼和熊掌一锅烩，不矛盾啊。时下流行的观念好像干得好了，嫁人的危险指数就升高了。若是嫁得好，似乎就把自己给出卖了，活得不够硬气……命题本身似有矛盾之处。为什么就不访问一下男人们：你是期望干得好还是娶得好？估计所有的男士都会毫不迟疑地回答——那还用问！

　　想必每个女性，都期望自己既干得好，也力争嫁得好，这才双赢。干吗平白无故地把干和嫁对立起来啊？这不是自己和自己过不去吗？

　　从那以后留了心，才发现，干和嫁这两件事，好像捆绑式火箭，常常成双成对出现，比如一句流传很广的古话：男怕入错行，女怕嫁错郎。

　　行当这件事，是社会进步的表现之一。远古时代的行当简单，除了打猎就是放牧。至于在山顶洞里看着篝火以保留火种和用兽骨磨根骨针缝块遮羞布这样的活儿，估计和今日的家务劳动不记入国民生产总值差不多，属于隐形经济，是不能算行当的。以后诸事发展了，行当渐渐多起来，出现了占卜师和舞蹈家，还有部落酋长……想来这些人就是以后的研究员、艺术家、政治家的雏形。

近代，行当以几何倍数增长。据说美国的职业大典，已经收入了一万七千种职业。世界好像一张花毯，被各式各样的职业尼龙线织得如此密不透风，让人惊惧。虽然从理论上讲，男人能做的事，女人也都能做。但不管行业如何的多，女性普遍所能从事的行业，还是比男人要少些。我认识一位杰出的妇产科主任是男性，我问他，为什么连妇产科这样的领域，也请你坐了头把交椅？他说，因为我从来不会得我所医治的这些病，比如难产和子宫肌瘤，所以，我就格外用心。

女人所能从事的事业较之男性为少，女性就更怕入错了行。对女人来说，"行"是什么？是一双吃饭的筷子，是一袭柔软的金甲，是一道曲折幽冷的雨巷，是一副飞跃雪野的滑板……入对了行，成功的把握就大。入错了行，事倍功半也许是零。让一个擅举重的运动员，练了体操，必蹉跎岁月一事无成。

这事也能反过来看。查查事业成功的人士，究竟有些什么特点呢？在美国，有一位研究人员做了长期的跟踪调查，得出了优秀人士的四大基本特征。

第一条是：通常是男人居多。第二条是：通常是结过婚的。第三条是：通常离婚的比例较低。第四条也是最重要的：通常没有共同点（这一条查得很周到，比如说他们的身高、体重、籍贯、受教育的程度、性格、品德等等，都不相同）。

我看到这个结果之后，愣了一会儿就嘻嘻笑起来。我相信它

是有道理的，也相信这个研究人员辛苦了若干年，得到的常识没什么用。

那么，选择行当的依据是什么呢？研究表明，对职业最持久和最深远的影响力，来自我们的兴趣。爱因斯坦说过，爱好是我们最好的老师。

对女人来说，如果你有一份挚爱倾心的工作，你就为自己植下了一株神秘的花朵。它妖娆生长，持久地散发出魅人的香氛，熏炙着你的每一个日子，使它们从黯淡的岁月中凸现出来，变得如此不同寻常。

你爱一个人，那个人可以背叛你。你爱一只狗，那只狗虽然不会背叛，可是它会老去。唯有你爱一桩事业，它是奔腾不息的。你付出的是青春，它还报你的是惊喜。你可以消失，但你在你的事业中永恒。当我们阅读着一部经典的作品，当我们注视着一座伟大建筑的遗骸，当我们摩挲着一个古瓷小碗，当我们在星斗的照射下，缅怀人类所有的探索和成就时，我们就是在检阅事业的花名册了。

当女性选择行当的时候，比较少地考虑自己的爱好，更多考虑的是安全和收入，这是历史也是现实，这是生活所迫也是发展的羁绊。女性的温饱解决之后，工作就日益成为尊严和自我价值体现的最主要杠杆。

第二辑

田野的新绿，
我那心上人的
眼睛

爱需要表达，
就像耗电太快的电器，
每日都得充电，
重复而新鲜地描述爱意吧。
它是一种勇敢和智慧的艺术。

男人和女人的区别

　　做医生的时候，常常接生。男婴和女婴的区别，就在那小小的方寸之间。后来，男孩和女孩长大了，一个头发长，一个头发短。一个穿裙衫，一个穿短裤。这是他人强加给男人和女人最初的区别，他们其实还在混沌之中。后来，曲线们出来了，肌肉们出来了。这些名叫第二性征的桨，把男人和女人的涟漪渐渐画出互不相干的圆环。

　　遇到过一个女病人，因为重病，需要持续地应用雄激素。那是一种黏稠的胶水样物质，往针管里抽的时候非常困难，好像黄油。那药瓶极小，比葵花籽大不了多少。每个星期打两针，量也不算大。药针就这样一管管打下去，不知从哪一天开始，以前那个清秀的女孩，像蝉蜕悄然陨落。一个音色粗哑、须发苍黑、骨骼阔大、满脸粉刺的鲁莽汉子蹒跚地出现在我们面前，以至于同屋的一个女病人嗫嚅地对我说，她还算女人吗？我想换到别的屋。

　　男人也有用雌激素的，比如国际驰名的人妖。任凭你有再好的眼力，也看不出他们与天然的女人有何区别。

　　我端详着装有雌雄两种激素的小瓶，在医学里它们被庄严地称

孜孜不倦地爱与被爱

为"安瓿"——英文"AMPOULE"的音译，意思是密封的小注射剂瓶。两种激素的作用虽有天壤之别，但外观是那样相似，像新鲜松香般黏而透明。敲开安瓿闻一闻，也没有什么特殊的气味。

但女人和男人巨大的差别就蕴藏在这柔润的液体里。这魔幻的药水里，有温婉的脾性、细腻的肌肤、尖锐的喉结和烈火般的品格。它使所有女人和男人的神秘，都简化成一个枯燥的分子式。它是上帝之手，可以任意制造美女和伟男。它是点石成金的造化，把人类多少年的雕琢浓缩到短暂的瞬间。

人关于自身最玄妙的谜语，被这淡黄色的油滴践踏。所有男人和女人各自引以为豪的，只不过是两个小小的安瓿而已。

假如你把玻璃药瓶上的字迹擦掉，你就分不出它到底是哪一性别的激素。

两个一模一样的安瓿。这就是男人和女人的全部区别。

我们沉默，我们暗淡。科学就是这样清脆地击落神话和谎言，逼迫人们面对赤裸裸的真实。

男人和女人的区别究竟在哪里？

他们犹如南极和北极，蒙着一样的冰雪，裹着一样的严寒，但它们南辕北辙，永不重叠。

性征是不足以强调的，它们已在冷静的手术台上，被人千百次地重新塑造。甚至女性赖以骄人的生育，也已被清澈的试管代替。生物的自然属性淡化为一连串简洁的符号。假如今日还有人以自己的性别特征为资本，喋喋不休，那实在是悲哀和愚蠢。

我们寻找，男人和女人的区别。

那区别不在生理而在心理，不在外表而在内心。人类文明进程的天空愈晴朗，太阳和月亮的个性愈分明。

男人和女人都做事业。男人是为了改造这个世界，女人是为了向世界证明自己。

男人为了事业，可以抛却生命和爱情。他们几乎从一开始的时候就下了必死的决心，愿意用一生去殉事业。男人崇尚死，以为死是最壮丽的序言和跋。因而男人是悲壮的动物。

女人为了事业，力求生命与爱情两全。她们在两座陡壁中艰难地攀登，眼睛始终注视着狭隘的蓝天。她们总相信在生命的最后一分钟会出现奇迹，她们崇尚生。在她们的潜意识里，自己曾经制造过生命，还有什么制造不出来的呢？女人是希望的动物。

男人的感情像一只红透了的苹果，可以分割成许多等份，每一份都香甜可口。当然，被虫子蛀过的地方除外。

女人的感情像一洼积聚缓慢的冷泉，汲走一捧就减少一捧，没有办法叫它加速流淌。假如你伤了那泉眼，泉水会在瞬间干涸。所以女人有时候会显得莫名其妙。

男人的内心像一颗核桃。外表是那样坚硬，一旦砸烂了壳，里面有纵横曲折的闪回，细腻得超乎想象。

女人的内心像一颗话梅。细细地品，有那么复杂的滋味。咬开核，里面藏着一个五味俱全的苦仁。

男人的胸怀大，所以他们有时粗心。女人的心眼小，所以她们会斤斤计较。

男人的脚力好，所以他们习惯远行。女人的眼力好，所以她们爱停下来欣赏风景。

男人和女人都要孩子。男人是为了找到一个酷肖自己的人，自

己没做完的事还等着他去做呢。女人是为了制造一个崭新的人，做一番自己意想不到的事。

男人和女人都吃饭。男人吃饭是为了更有力气，所以他们总是狼吞虎咽。女人吃饭是因为必须要吃，所以她们总是心不在焉。

男人和女人都穿衣。男人穿衣是为了实用，所以他们冬着皮毛夏套短裤，只管自己惬意。女人穿衣是为了美丽，所以她们腊月穿裙子三伏披有帽子的风衣，很在乎别人的评议。

男人遇到伤心事的时候，把眼泪咽到肚里，所以他们的血液就越来越咸，心像礁石，虽然有孔，但是很硬。女人遇到伤心事的时候，就把眼泪洒在地上，所以她们的血液就越来越淡，像矿泉水一样，比较甜，比较晶莹。

男人爱把自己的忧郁藏起来，觉得忧郁是一件丢脸的事情。女人爱把忧郁涂在自己的脸上，好像那是一种名贵的粉底霜。

男人把屈辱痛苦愤怒都化为力量。他们好像一只热火朝天的炉子，无论什么东西抛进去，都能成燃料，呼呼地烧起来。水哗哗地开了，喧嚣的蒸汽推着男人向前走。

女人将所有的苦难都凝聚为仇恨。无论伤害的小路从哪里开始，都将到达复仇的城堡。然而女性的报复是一把双刃剑，它在刺伤仇人的同时刺伤女人，甚至它刺伤主人在先。然而女人正是见到仇人的血与自己的血流在一起，她才心安，才感到复仇的真实。假如自己毫发无损，即使对方血流成河，她们也觉得不可靠、不扎实。她们有一种同归于尽的渴望。

男人在欢庆胜利的时候，马上考虑把战果像面包似的发起来。胜利像毒品一样，刺激他们更大的欲望。女人在欢庆胜利的时候，想的是赶快把苹果放到冰箱里保存起来。胜利像电扇，吹得她们更清醒。于是男人多常胜将军也多一败涂地的草寇，女人多稳练的干家却乏恢宏的大手笔。

男人会喜欢很多的女人，在他一生的任何时候。女人会怀念一个唯一的男人，在她行将离开这个世界的瞬间。

男人和女人的区别太多太多。它们像骨髓，流动在最坚硬的地方。当我们说某某像个女人的时候，我们已使女人抽象。当我们说某某像个男人的时候，我们指的其实是一种类型。剔掉了世俗的褒贬之意，原野上剩下了孤零零的两棵树。两棵树都很苍老，年轮同文明一般古旧。它们枝叶繁茂，上面筑满鸟巢。

它们会走到一处吗？

无所谓高下，无所谓短长，无所谓优劣，无所谓输赢。各自沐着风雨，在电闪雷鸣的时候，打个招呼。

男人和女人的区别，地久天长。

中 性

　　街上走着一个扎小鬏鬏穿花衬衣的大个子，身材窈窕。我想个子这么高的女孩该去当模特。那人猛一回头，我看到茂盛若草坪的胡子。

　　屋里进来个年轻人，蓝短裤，白 T 恤，一双运动鞋，头发短得像刺猬。只有波浪起伏的胸部，使我确知她是一个女孩。

　　我看见一位女经理端坐在皮椅上，面前几部电话机像救火车似的此起彼伏鸣叫。她牵着话筒简简短短地吐出"是"或"不是"、"好"或"不好"的单音节，清脆得像一枚枚闪亮的图钉，把自己的思维像地图一样明晰地挂在对方的脑海里。间或有几位须眉男子来向她请示工作，虽不敢说他们是唯唯诺诺，形容为毕恭毕敬是一点也不过分的。

　　看到过一位男子汉的眼泪。那是一处豪华的酒店，周围熙熙攘攘，砖红色的果茶黏得像血。他在讲他的抱负——以后做一个议员。这不是一个悲痛的话题，这也不是一个哭泣的环境。我以为女人是很讲究哭的气氛的。在我完全意料不到的时候，男人的泪水像冰雹一般陨落。有棱角的水滴砸在宝蓝色的金利来领带上，发出沉闷的声响。

五十知天命，他已到达了这条智慧的界限。

很久以来我就知道，当买不到合适的女衬衣的时候，不妨到男服柜台转一转，那里是超出想象的花团锦簇呢！

我的一位男性熟人脚小，以前总听他抱怨不得不买童鞋。有一次他神秘地告诉我，现在可好了，可以买女鞋了。我吓了一大跳，说你要穿高跟鞋了吗？他说，你一定是好久没到女鞋柜台去了，现如今的女鞋平跟有鞋带，简直跟男鞋一模一样。

男人和女人都穿夹克，男人和女人都围丝巾。运动鞋早就不分男女，紫红色墨绿色甚至明黄——这些以前女人的专用色彩，老爷爷也敢招摇过市。男人能爬上的山，女人也能爬；男人能飞上的天，女人也能飞。除了体育比赛还分男女，性别的界限被一块巨大的橡皮涂抹着，越来越模糊。

于是，我想到了"中性"。

中性是一种物质的属性。碱是一种沉重的苦涩，酸是一种尖锐的疼痛。唯有中性，豁达明朗温和平静。当男人和女人各自强调着自己的性别角色，在混沌之中摸索了许多世纪以后，不约而同地走向了中性。

中性是一种视角。男人和女人就像两只不同的眼睛，隔着鼻子观察这个世界。特定的视角既帮助了他们，又妨碍了他们。在社会这所立体影院里，男人和女人戴着破碎了一只镜片的眼镜，影像模糊，头昏脑涨。中性是一副完整漂亮的新眼镜，它使男人和女人看到的景象真实而统一。

中性是一种语言。男人和女人是各自孤独的国度，要么老死不

孜孜
不倦地爱
与被爱

相往来，要么剑拔弩张兵戎相见。当然这与边界的纠纷、风俗的迥异有关，但言语的不通，实在也是一个极重要的原因。男族操粗犷语，女族操婉细语，于是有了许多难以翻译的词汇。中性是性别联合国的世界语，大家再不至于发生误会。

中性是一种位置。赤道上太炎热，南极里太寒凉，唯有温带最惬意。太靠左了是悬崖，太靠右了是绝壁，唯有大路中间最安全。太阳底下晃眼，雷雨之中暗淡，唯有月朗风清的傍晚，我们既可眺望遥远的征程，又可欣赏路边的风景。这是一种良好的生存状态。

中性是一种智慧。在有关自身和社会的命题上，男人和女人总是古怪地争论不止。女人耿耿于怀自己是肋骨变的，拼了命要证明自己是脊梁。于是就有了铁姑娘队，以求得同男人一模一样为荣。丢了肋骨的男人，就成了严格意义上的残疾人（我认为那根肋骨一定是取自左胸——就是心脏的前方），心房裸露着，格外易受伤害。为了防止创伤，男人就装得此处坚强无比，希望对手糊涂，自动不来攻击。而每一个中性的人都是完整的个体，不偏颇不傲慢，不逞一时之勇，不计一地得失。他们的神经像强韧的钢索，弹拨得出美妙的音符，悬挂得起如晦的黑暗。

中性是一种勇气。从远古时代，男人和女人就不断强化着服饰的区别。如今忽视了外在的标志，就像撕去了货物的商标，更要靠内在的质量说话。性征不再是附丽于颜色、发式的皮毛，而是一种像灯笼一样由内向外渗透的光芒。中性像一片苍茫的背景，使性别的感觉珍珠一般凸现出来，成为魅力的源泉。

中性是一种删削和简化。整个人类返璞归真，男人和女人大踏步地逼近终极的窗口，缩写为大写的人、抽象的人、纯粹的人。

中性并不等同于男人能办到的事女人也能办到，后者是风暴中一条小船向另一条巨轮的单方面靠拢。中性是海洋中的灯塔，我们都向那温暖的光明游去，勠力同心，遥相呼应。

中性的实质是对体力差异的忽视。曾几何时，筋骨的强健是无数事物的度量衡标准，生理的差异是男性和女性永不泯灭的性沟。但历史并不是体育纪录的翻版，把男子和女子单独立项。居里夫人名垂史册，不是因为"夫人"，而是因为"镭"。李清照流传千古，不是因为美丽，而是因为"戚戚惨惨凄凄"的哀婉和"死亦为鬼雄"的壮怀。熔炉般的历史是按照宇宙的含金量来品味矿石的价值，而不在意它是圆是方。

高科技把体力的堤坝冲毁，机械加长了女人的手，只要按几个电钮，庞然大物会轰然倒塌。电脑不会计较揿压它的那只手是粗糙多毛还是纤细如柳，甚至战争也早不是刀光剑影的格斗，而在千里之外的杯觥交错中。

意志的竞技场，不存在女士优先的法则。造物主不是绅士，而是猛士。他只青睐把它打败的赢家，才不管你是穿花袄还是长袍。

我们站在中性的横杆前，女性不再受到歧视，也不接受优待。

中性使世界明了，中性使世界严峻。不管你喜欢不喜欢，这个世界越来越趋向大一统的中性，显示的是每个个体独特的力量。

发的断想

　　"头发长，心眼短"是形容女人的一句俗话，我总觉得这话没道理。头发为什么同心眼成反比例？

　　但头发的确是性别的象征。少时我在喜马拉雅、冈底斯和喀喇昆仑三山交汇处的高原当兵，男人多，女人少。我们常年裹在绒绒的棉衣里，纵是用直尺去量，也绝无曲线。唯一可在轮廓上昭示出男女的，是头发。为了消弭男人的遐想，领导要求我们把所有的头发都藏进军帽。刘海自然是一根也不留，少女光亮的额头如同广场一般洁净。颈后的碎发却很麻烦，我的发际低，需把头发狠狠地拎起，茅草一样塞进军帽，帽檐因此翘得很高，像喇叭花昂然向上。每晚脱下军帽都要搓揉许久——头发像遭了强烈的惊吓，隆起一片粟疹。那时候有一个梦——让头发晒晒太阳。

　　有一种液体叫"海鸥"，我至今不知它的成分，但味道独特，难以忘怀。那时探家回北京，归队时总要背几大瓶，关山迢迢，不以为苦。"海鸥"洗过的头发清亮如丝，似乎也没有头皮屑，又好分装。记得一次战友分别，想送她一点小礼物，正琢磨不出哪样东西称心，她说，就送我一瓶"海鸥"吧，等于送我一头好头发。

第一次用现代的洗发液，是妹妹在包裹中寄到高原的。那是一枚小小的鱼形塑料泡，泡里储着水草绿色的液体。妹妹说那是出国回来的朋友所赠，她舍不得用，又翻越万水千山送我。我好长时间舍不得剪开，只有姐妹之情，才有这份细腻与悠长。

如今我们已经有无可胜数的洗发液了。色彩斑斓，清香扑鼻。女人们可以梳各式各样的发式，从最简单的"清汤挂面"到最繁复的"朋克"式，都是私事，无人干涉。女人们的头发便在春天的和风里，尽情晒太阳。

对于一则广告的立意我略有些微词。一个美丽的女孩求职，一切都很顺利。就在要被录用的一瞬间，突然发现了她有头皮屑，于是女孩子像鲜花一样的前程模糊了……

女人的前程就这样的与头发呈现密不可分的正相关吗？！

男人和女人的头发都会长得很长，例如在我们的清朝。世界允许女人留长发，是上天赐给女人的财富。头发使女人显得更妩媚更娇柔。把头发浣洗得亮丽如漆，是女人的功课，源远流长。

然而头发毕竟是头发，女人应该心比发长。

柔和的
力量

　　女人比男人更需要智慧，因为她们是更柔软的动物。智慧是优秀女人贴身的黄金软甲，救了自身，也可救旁人。没有智慧的女人，是一种遍体透明的藻类，既无反击外界侵袭的能力，又无适应自身变异的对策，她们是永不设防的城市。智慧是女人纤纤素手中的利斧，可斩征途的荆棘，可斫身边的赘物。面对波光诡谲的海洋，智慧是女儿家永不凋谢的白帆。

　　优秀的智慧的女性，代表人类的大脑半球，对世界发出高亢而略带尖锐的声音，在每一面山壁前回响。

　　但女人难得智慧。她们多的是小聪明，乏的是大清醒。过多的脂粉模糊了她们的眼睛，狭隘的圈子拘谨了她们的想象。她们的嗅觉易在甜蜜的语言中迟钝，她们的脚步易在曲折的路径中迷离。智慧不单单是天赋的独生女，还是阅历、经验、胆魄三位共同的学生。智慧是一块璞，需要雕琢，而雕琢需要机遇。

　　不是每一块宝石都会璀璨，不是每一粒树种都会挺拔。我是一个保守的农人，面对一块贫瘠土地上的麦苗，实在不敢把收成估计得太好。智慧的女人通常比我们想象的要少。

优秀的女人还需要勇气，在这颗小小的星球上，什么矛盾都不存在了，男人和女人的矛盾依然欣欣向荣。交战的双方永远互相争斗，像绳子拧出一道道前进的螺纹。假如你是一个优秀的女人，无论你朝哪个领域航行，或迟或早地都将遭遇这个世界上最优秀的男人，不要奢望有一处干燥的苗秸可以供你依傍，不要总在街上寻找古旧的屋檐避雨。当你不如一个男人的时候，他会宽宏大量地帮助你；当你超过一个男人的时候，他会格外认真地对抗你。这不知是优秀女人的幸还是不幸？善良的、智慧的、有勇气的女人，要敢在黑暗的旷野独自唱着歌走路，要敢在没有桥没有船也没有乌鸦的野渡口，像美人鱼一样泅过河。

这个比例有多少？

望着越来越稀疏的队伍，我真不忍心将筛孔做得太大。但女人天性胆小，就像含羞草乐意把叶子合起来一样，你不能苛求她们。

现在，在漫长阶梯上行走的女人已经不多了。

最后，让我们来说说美丽吧。

在这样艰苦的跋涉之后再来要求女人的美丽，真是一种残酷，犹如我们在暴风雨以后寻找晶莹的花朵。

但女人需要美丽。美丽，是女人最初也是最终的魅力。不美丽的女人辜负了造物主的青睐，她们不是世上的风景，反倒成了污染。

何为美丽，一千个人有一千种说法，我只能扔出我的那一块砖。

美丽的女人，首先是和谐的。面容的和谐，体态的和谐，灵与肉的和谐。美丽，并非一切精致巧妙的零件的组合，而是一种整

孜孜不倦地爱与被爱

体的优美，其至缺陷也是一种和谐，犹如月中的桂影，那不是皓月引发无数遐想最确实的物质基础吗？和谐是一种心灵向外散发的光辉，它最终走向圣洁。

美丽的女人，其次应该是柔和的。太辛辣、太喧嚣的感觉不是美，而是一种刺激。优秀女人的美丽像轻风，给世界以潜移默化的温馨。当然它也可容纳篝火一般的热情，可是你看，跳动的火苗舒卷的舌头是多么柔和，像嫩红的枫叶，像浸湿的红绸，激情的局部仍旧是细致而绵软的。

美丽的女人，应该是持久的。凡稍纵即逝的美丽，都不是属于人，而是属于物的。美丽的女人少年时像露水一般纯洁，年轻时像白桦一样蓬勃，中年时像麦穗一样端庄，老年时像河流的入海口，舒缓而磅礴。

美丽的女人经得起时间的推敲。时间不是美丽的敌人，只是美丽的代理人。它让美丽在不同的时刻呈现出不同的状态，从单纯走向深邃。

女人的美丽不是只有一根蜡烛的灯笼，它是可以不断燃烧的天然气。时间的掸子轻轻扫去女人脸上的红颜，但它是有教养的，还女人一件永恒的化妆品——气质，可惜有的女人很傻，把气质随手丢掉了。

也许可以说，所有美好的女人都是美丽的。

我在女性的群体里砌了一座金字塔，它是我心目中的女性黄金分割图。

这样一路算下来，优秀的女人多乎哉？不多也。

是不是我的比例过于苛刻？是不是我对世界过于悲观？是不是

我看女人的暗影太多？是不是优秀和平庸原不该分得太清？

现代的世界呼唤精品。女士们买一个提包都要求质量上乘，为什么我们不寻求自身的优秀？

优秀的女人也像冰山，能够浮到海面上的只有庞大体积的几十分之一。精品绝不会太多，否则就是赝品或大路货了。

难道女人不该像拥有眼睛一样拥有善良吗？难道没有智慧的女人不是像没有翅膀的鸟儿一样无法翱翔？难道坚忍不拔、果敢顽强对于女人不是像衣裳一般重要？难道女人不是像老妪爱惜自己的最后一颗牙齿一样爱惜美丽？

让我们都来力争做一个优秀的女人吧。为了世界更精彩，为了自身更完美，为了和时间对抗，为了使宇宙永恒。

性感的
进化

　　女友是经济学家，一天拉拉杂杂地聊天，不知怎的扯到性感上来了。她问，依你看，在表述对异性性感方面的要求上，男人和女人谁更赤裸裸？

　　我一时没听明白，说从哪些方面看呢？女友说，就从征婚广告上看吧。这是现代人对性感要求的最好标本。

　　我说，那可能是男性。你没看到满世界花红柳绿的刊物封面，都是美女当家，基本是为了满足男性的审美欲望。

　　女友说，错了。我看女性在要求男性性感方面，一点也不含蓄。比如征婚广告，女性全都很明确地标出要求男性的身高。身高这个东西，就是性感标志。在畜牧和农耕社会，包括前工业社会，一个男人的身高是非常重要的，因为追赶猎物捕获敌方包括应对情敌，身高都是举足轻重的砝码。一个女人，找到一个高大的男人，自己和后代的生存与安全就有了比较稳固的保障。相比之下，男人还要克制一些，甚至可以说明智一些。他们在征婚广告上并没有写出要求女性的三围是多少，更多是提出希望所征女性贤淑温柔。这是后天的品德而不是先天所赐。当然你可以说贤淑也是性感，如果

孜孜不倦地爱与被爱

说性感也分档次的话，我看这是较高层次的性感指标。

我笑起来说，那按你的这套逻辑，其实要求男子的身高是一种过了时的性感。

女友正色道，是啊。就是在原始社会，身高也不一定能保证必胜，矮个子只要智谋超群，也一样能遗传自己的基因，这也就是矮个子至今连绵不绝的原因。女人把持着身高这一点不放，是思维上的懒惰，把事物简单化了。简单的现代化还有一种表现，就是把财富当成了性感。

我大笑，说这也太有趣了，身高当性感还可接受，至于钱和性感，实在有点风马牛不相及。

朋友说，毕淑敏你太迂。我说的不是幸福，是性感。性感是个中性的词汇，你不能说它是好或是不好，也不能说它一定会导致怎样的结果。一些不愿或是不喜用自己的头脑思考的人，总是喜欢把复杂的事情写个普及版。如今，不单有钱是性感，有权有势也都成了性感标志。你看腐化堕落的高官，几乎都有所谓的"红颜知己"，其实不过是吞食了诱饵的异性猎物。以为男子有权有势有身高有祖业……就是性感，以为跟随他自己的一生就有了保障，实在大谬。性感并不是生殖感，所以它不仅仅和性激素有关，更是和一个人对自己的性别的把握和修养有关。拿男子来说，想远古时期，必是跑得快、跳得高、能用石斧砍虎狼的头领才是性感。到了后来，像诸葛亮这样摇着鹅毛扇但很有计谋的人，也要算作性感。远古时对待女人，一定是能多多生育的母亲才叫性感。但到了自杀的虞姬那会儿，除了美貌，刚烈忠贞也算性感了。这样看来，性感也是社会进步的指标之一。据说，某地曾评选最性感的男人，凤凰卫视的阮次山先生当选，这位老先生秃顶结巴，实在有违当下美男的标准。可见性感在不断进步。

性感在女性，不是扭腰送胯飞媚眼，也不是丰乳肥臀嗲音调，而是一种骄傲，将女性的外在和内在之美融合为一体，不单要男性觉得这是异性独到的巧夺天工，更要让女性也觉得这是本性姹紫嫣红的骄傲。性感在男性，不是虎背熊腰蛮气力，也不是高官厚爵金满地，而是将男性的外在和内在之美也融合得天衣无缝，不单让女性觉得这是异性独到的万千气象，更要让男性也觉得这是自己奋斗和仰望的范本。

我说，听你这样一讲，我等便都是一点都不性感的凡人了。朋友说，你以为性感像如今绿化的美国草坪一样遍地都是吗？性感其实是一种稀缺资源。

孜孜
不倦地爱
与被爱

未雨绸缪
的女人

　　有一个游戏，我做过多次。规则很简单，几十个人，先报数，让参加者对总人数有个概念（这点很重要）。找一块平坦的地面，请大家便步走，呈一盘散沙。在毫无戒备的情形下，我说，请立即每三人一组牵起手来！场上顷刻混乱起来，人们蜂拥成团，结成若干小圈子。人数正好的，紧紧地拉着手，生怕自己被甩出去。不够人数的，到处争抢。最倒霉的是那些匆忙中人数超标的小组，你看着我，我看着你，不知谁应该引咎退出⋯⋯

　　因为总人数不是三的整倍数，最后总有一两个人被排斥在外，落落寡合手足无措地站着，如同孤雁。我宣布解散，大家重新无目的地走动。这一次，场上的气氛微妙紧张，我耐心等待大家放松警惕之后，宣布每四人结成一组。混乱更甚了，一切重演，最后又有几个人被抛在大队人马之外，孤寂地站着，心神不宁。我再次让大家散开。人们聚拢成堆，固执地不肯分离，甚至需要驱赶一番⋯⋯然后我宣布每六个人结成一组⋯⋯

　　这个游戏的关键，是在最后时分逐一地访问每次分组中落单的人，在被集体排斥的那一刻，是何感受？你并无过错，但你是否体验到了深深的失望和沮丧？引申开来，在你一生当中的某些时刻，你可有勇气坚信自己真理在手，能够忍受暂时的孤独？

我喜欢这个游戏，在普通的面团里面埋伏着一些有味道的果馅。表面是玩耍，让人思维松弛，如同浸泡在冒着气泡的矿泉中，奇妙的领会或许在某个瞬间发生。

我和很多人玩过这个游戏，年轻的，年老的……记忆最深刻的是同一些事业有成的杰出女性在一起。也是从三个人一组开始的，然后是四个人一组。当我正要发布第三次指令的时候，突然，场上的女人们涌动起来，围起了五个人一组的圈子……我惊奇地注视着她们，喃喃自语道：我说了让大家五人一组吗？她们面面相觑，许久的沉默之后回答——没有。我说，那为什么你们就行动起来了？听到了什么？想到了什么？

那一天，就这个问题，展开了激烈的讨论。大家说，我们是东方的女人，极端害怕被集体拒绝的滋味。看到了别人的孤独，将心比心，因此成了惊弓之鸟。既然前面的指令是三人、四人一组，推理下来就该是五人一组了。错把想象当成了既定的真实。现实的焦虑和预期的焦虑交织在一起，让我们风声鹤唳。我们是女人，更需要安全，于是就竭尽全力避让风险。至于风险的具体内容，有些是真切确实的，有些只是端倪和夸张。甚至很多人的爱情和婚姻，出发点也是逃避孤独。

后来，我问过一位西方的妇女研究者，可曾遇到过这种情形？她说——没有，在我们那里，没有出现过这种情景。也许，东方的女性特别爱未雨绸缪。我不知道这是表扬还是批评。大概，所有的优点发展到了极致，都有了沉思和反省的必要。

孜孜不倦地爱与被爱

打开你的坤包

　　有句外国谚语说，让我到你的房子里看一看，我就能说出你是个什么样的人。

　　总觉得发明这话的洋人有点迂。对于女人来说，其实根本就不必到她的家，只要打开她的坤包瞧瞧，就知道她是个怎样的人了。

　　不信吗？让我们找块"实验田"，验证一下。

　　随意查看别人的物件，除了上飞机前的安全检查，是侵犯人权的行当。既然我发明了这则当代谚语，就先打开我的坤包看一看吧。

　　"坤包"，当为女士之包。但我的包不甚够格，因为它是一只石磨蓝的牛仔包，实为男女老少皆宜。之所以在洋洋洒洒的包群里选择了它，主要是因了它的结实。用过各式各样的包，都不如它的禁拉又禁拽，禁打又禁踹。当然这后半句夸张得有些邪乎，虽说挤公共汽车时经常是人已下了车门，包还嵌在车上人的腋窝下，需要使出拔河般的力气往外揪扯，总还未到打与踹的地步。

　　第二个喜爱的原因是为了它的妥帖。岁月吸走了布匹的毛燥，泛出朵朵泪痕般的白环，显出暗淡的朴素。冬日里不会像真正的牛皮包咯咯作响，夏天里不会把钢轨似的带子勒进你汗湿的肩头。它永远宁静地倚靠在你的一侧，为你遮挡肋间的风寒。

第三点也许是最重要的原因，是因了它的便宜。不止一次被精巧的羊皮手袋的价钱吓着，以后便更抱紧了自己的布包，想起它的种种好处，颇有相依为命的味道。

说了这许多皮毛上的事，现在让我们打开拉链。

包里最神秘的地方放着证件。没有证件就没法确定你到底是不是你。每次出门都要下意识地拍拍牛仔包的小口袋，摸到铁板似硬硬的一块，才放心地离开家。总奇怪外国女人是怎样瞒住自己的年龄不给陌生人知道的。在中国，无论你走到哪里，都要坦坦荡荡亮出你的证件。越是不认识的人，越要细细地看每一项。反正糊弄不过白纸黑字，我也就不在意面貌上是否显得年轻。

第二要紧的是钥匙。带着钥匙就是带着家。钥匙对女人尤为重要，没有家钥匙的女人是最孤苦的女人，钥匙太多的女人也不胜其烦。一个人独立的最显著的标志，是有了一串属于自己的钥匙。每个职业女性的手袋都会在某个特定的角度叮当作响，那是家的钥匙和办公室的钥匙击出耀眼的火花。常常想世上有没有从不带钥匙的女人，那大概是一位女总统或是一位女飞贼。

再然后包里的重要物件就是一支笔了。呜，是两支。因为我们的圆珠笔或是签字笔质量都有些可疑，常会在你奋笔疾书时像多年的咳喘，憋得声嘶力竭。为防此等恶性事故，故像重大球赛一般，要预备替补。现今女士的夏装往往一个兜也没有，坤包就代替了衣兜，不可以须臾离开。

其次就是手机。手机是一个储存朋友的魔盒，假如我遇到困

孜孜
不倦地爱
与被爱

难，就要向他们发出求救信号。一种畏惧孤独的潜意识，像冬眠的虫子蛰伏在心灵的旮旯。人生一世，消失的是岁月，收获的是朋友。虽然我有时会几天不同任何朋友联络，但我知道自己牢牢地黏附于友谊网络之中。

当然还有女人专用的物品。一块手绢，几沓餐巾纸……至于女人常用的化妆盒，我是没有的。因为信奉素面朝天，所以就节约了那笔可观的开销。常常对自家先生说，你娶了我，真是节能型的。一辈子省下的胭脂钱，够打一个金元宝。北方冬春风沙大，嘴唇易干裂，就装备了一瓶护唇油，露水一般透明，抹在嘴上甜丝丝的，其实就是兑了水的甘油。一日黄尘像妖怪般地卷地而来，口唇糙如砂纸。临进朋友的家门前，急掏出唇油涂抹一番，然后很润泽地走了进去。朋友注目我的下颌，我很得意，打算无保留地告诉她在哪儿可以买到护唇油。没想到她却体贴地说，要不要喝点水？我知道你刚吃了油饼。

几乎忘了最重要的内容，那就是坤包里要有钱。没有钱的女人寸步难行。但我是一个不能带很多钱的女人，钱一过百，紧张之色溢于言表，不由得将包紧紧扶在胸前。先生讥之为：真正的偷儿断不屑偷你，一看就知道是个没大手面的人。

包里常常装着昼伏夜出写成的文稿，奔走于各编辑部之间。少时读《钢铁是怎样炼成的》，念到保尔因邮寄手稿丢失痛不欲生之时，恨恨地发誓：他年我若为作家，稿子一定复写几份并尽可能地亲自送上。牛仔包装了稿子的日子，是它最辉煌的时光。我把它平平展展抱在胸前，好像是几世单传的婴儿。包的长度和大张的稿纸恰好相仿，好似一个蓝木匣。公共汽车太拥挤的时候，我会把书包

托举到头顶，好像凫水的人擎着怕湿的衣服。我喜欢洁净平滑的文面，不乐意它皱得像踩过的鞋垫。

一次一位朋友说，你也该换一个坤包了，羊皮的。

我说，太贵啦！常常想若用了那样的包，只怕所有的内容物都不值这坤包的钱。我本是个随意的人，却成了这包的奴隶。走到哪儿，先要操心这高贵的包装，岂不累心？

朋友说，不要装得那样可怜，如今坤包是女人的徽章，人们常从你用的包来评价你这个人的。

我说，也不单单是从节俭的角度不愿买真皮精品坤包，因我包里常要装一样物品，恐那真皮包笑纳不了。

朋友说，让我猜猜那是什么。大吗？

我说，也不很大。

她说，需要小心轻放吗？

我说，差不多吧。

她说，很贵重啦？

我说，很平常的。

她说，真还猜不出那是个什么东西。快告诉我。

我说，是豆腐。作为家庭主妇，我常常要在包里装豆腐。

她说，啊呀，那还真是装不得。南豆腐那么多的汤，就是套两层塑料袋，也会把真皮包考究的衬里打湿。

我说，什么时候我家不吃豆腐了，我就去买精品包。

第三辑

爱我要长久

爱情是人间最真实最长远的关系之一，
任何伪饰和装扮，
都会在时间的冲刷下形销骨立，
原形毕露。
很多婚姻的破裂，最常见的理由是：
对方婚后仿佛变了一个人。

为什么总是遇人不淑

　　她到心理诊室来的那天，天气很冷。她穿着很短的裙子，腿长得并不好看，透过薄薄的丝袜，可以看到曲张的静脉。鞋跟很高，大脚趾紧绷着，几乎和小腿扳成一条直线。

　　她坐下后第一句话是——我为什么总是遇人不淑？

　　我说，为什么要用"总是"这个词？

　　她叹了一口气说，我已经离过两次婚了。这一回，马上也要离了。

　　我也叹了一口气说，我听出你很难过，很想改变。你不知道自己什么地方出了毛病，你需要稳定和温暖，是这样的吗？

　　她一下子握住我的手，柔若无骨，连声说，是的是的！我不是爱离婚的女人，世界上有一些女人，不把离婚当回事，我要真是那样，也就不痛苦了。我是想好好过日子的女人，我在这方面下的功夫，比一般女人大多了。可我为什么就找不到爱我的男人？好男人都到哪里去了呢？

　　看着她绝望的神色，我说，你是否能告诉我你是怎样遇到你曾经的三位丈夫？

她滔滔不绝地打开了话匣子。

我从小是一个害羞的女孩，我总怕别人欺负我，个子小又胆小的女孩，多半都会这样的吧。当我知道男女之事以后，我想，一定要找个子高大的男生，这样，谁欺负我，他就会站出来保护我。第一位丈夫是我同学，个子高高的，好似篮球运动员。我们俩的学习成绩都不怎么样，谁也用不着瞧不起谁，知根知底的，优缺点都一目了然。按说应该特踏实吧？所以，一有了工作，我们就结婚了。他当上了老板的保镖，一天跟着出入那些不三不四的场所，认识了一位洗头的小姐。我现在特恨"小姐"这个词。那算什么小姐啊？简直就是一个只能看小人书的打工妹。要是有点儿身份的小姐，起码傍一个"大款""中款"吧，这小姐，苍蝇也是肉，连个保镖也不放过。后来，他俩被我在自己的家里，逮了个正着……我当时害怕极了，比那两个狗男女吓得还厉害。他们倒是比我镇静，我丈夫撂下一句话——你既然看见了，就看着办吧！我呆呆地坐在家里，特别可惜我那精心布置的床被糟蹋得乱七八糟的……别看我这个人个子小，可受不了这种窝囊气，我二话没说，离婚！

离了以后，我很快就从打击中恢复过来了，非要争一口气，要让我的前夫看看，你算个什么东西？你只能往底层里找，我呢？哼！这回找的不但个子要高过你，身份钱财都要比你强！

话虽是这样说，但有才有身份的男人，大姑娘随便挑，干吗非得娶我这么个一没学历二没个头三没好工作的二婚女子啊？我分析了一下自己的优势劣势，我长得不错，还因为从小就胆小，所以刚跟我接触的人，都以为我挺温柔的。许多男人啊，最看重的就是女人温柔。不信你到报纸上的征婚广告看看，有一个算一个，都是寻求温柔贤淑的女子。扬长避短吧，我就在这方面下功夫。学着做一个贤妻良母呗，没什么难的。只要说话声音轻一点儿动作慢一点儿，对小孩子特别疼爱就大功告成了。当然了，还得练着记住一些童话故事……

因为我要找的那种身份的男人，基本上都是带一个小孩的，你要是能对他的孩子好，他自然会给你加分。我报了社会上的各种学习班，比如"家长学校"、"烹饪班"什么的。小姐妹都笑我，说你连个月娃子都没养下呢，自己连整虾都舍不得买，只吃虾皮，上这种班，不是跳级吗？我不理她们，也不告诉她们我的真实想法，要是万一失败了，多丢人啊。把这些都操练得差不多了以后，我就开始物色对象了。

从哪儿物色？当然是从征婚广告上了。这法子说起来挺笨的，其实多快好省。你买一堆报纸刊物，仔细研究，条件一目了然，一上午浏览个百八十男人的基本情况，不是难事。看得多了，也能增长经验，什么人是真心的，什么人是闹着玩的，甚至想占便宜的，都能估计个差不多。虽说里面有骗人的，但我也刁，不是傻子，能分辨出个大致。感觉不好的，再不理他就是了。我特别重视身高这个条件，一米七九以下的，免谈。

你猜得不错，我前夫就是一米七九。怎么我也得找一个比他高的，高一厘米也是高。按说我这些条件加在一起，也挺苛刻的。可我还真是找到了一个愿意见面的。个高，有钱，有一份体面的工作，有一个很可爱的孩子……一切的一切，都同我预计的一模一样。我给他做很可口的饭菜，亲吻他的孩子……

孜孜
不倦地爱
与被爱

你问我这样做，是不是很勉强？说实话，有一点儿。但我知道这是为自己以后的幸福投资，也就一一地做了。这样接触了几次之后，是他催着结婚的。他说他太累了，需要一个安静的小潭。我说，我各方面的条件都不如你，你怎么会看上我呢？他说，前妻跟着别人走了，他下决心要找一个各方面都不如自己的人，只要对他好，对孩子好，就成了。钱挣多少是多少？他挣的钱够用的了，我的钱不多，这没关系……这些理由挺充分的，是不是？我信服了，觉得苍天有眼，我的准备都派上用场了，熬出头了。

我们很快就结了婚。婚礼是到国外旅行了一趟，几乎没通知朋友。我的第二任丈夫说，他不想大肆铺张，只想安安稳稳地过日子。我倒是很想风光一把，特别是让我的前夫知道知道，他离开了我，我却过得更好了。但新丈夫说低调处理好，我也就依了他。我还要保持一个贤惠的形象嘛。也许，我当时强烈要求大肆操办一番，事情就会是另外的结局了？毕竟他是一个好面子的人……

结婚以后，我的本色就慢慢露出来了，我不可能老忍着吧？他的孩子做得不对的，我也不能老哄着，是不是？爆发是因为我替他去开孩子的家长会，老师劈头盖脸地一顿训，我回来当然要转述给他的父亲。也许我的表情不够沉痛，也许我的忧虑不够发自内心，本来嘛，又不是我的亲生孩子，我能做到如此，已经很不错了。说着说着，我的第二任丈夫就开始生气，说我不是真心爱孩子，有点儿幸灾乐祸……最后说我是一只披着羊皮的狼……

我太冤枉了，我怎么会是狼？我是打算当一只忠诚的看家狗啊。我们开始争吵了。夫妻吵架这事，是不能开头的。开了头，就有瘾，会越吵越来劲。正在这时候，他的前妻回来了。他们是怎么开始来往的，我不知道。有一天吵架之后他对我说，我们还是离婚吧，我要和前妻复婚，她表示悔改，我原谅她了。我已经不相信女人了，但对孩子来讲，毕竟还是他的亲妈。至于你，可以给你一部分钱作为补偿……

我走了，没要他的钱，我不是为了钱才和他结合的。我努力做了，可他是把我当作一个替代品。我上当了。他结婚的时候不肯通知朋友，说明他自己就对这次婚姻没信心，不看重。

这一次，我真的垮了。后来，我很快有了第三次婚姻。要说我的第二任丈夫，什么都没给我留下，这不对。他把一个观念留给了我，就是找一个条件不如自己的人。这样，你就操持着主动，你可以不要他，他却要巴结着你。我再找丈夫的时候，什么条件都放弃了，只问一条，个儿要超一米八二。

是的，我也涨了价码了。您可以想到，在这种倒霉的时候，我能有什么好运气？他是一个好吃懒做的人，就靠我的那点儿收入养活他。等把我吃光了，他就出去找别的女人。我说离婚，他腆着脸说，离婚干什么？凑合着过吧。我这是为你着想。像你这种女人，再离婚，谁还敢要你？丧门星！

我真的蒙了，不知道哪里出了问题。我不是一个坏女人，我也没害过人，可命运为什么对我如此不公？俗话说，事不过三。我为什么三次婚姻都如此不幸？有时我想，好人和坏人总是有一定比例的吧？这世界上总还是好人多吧？我就是在马路上随便拦住一个人，嫁给他，也不至于次次都输得这么惨吧？到底是什么地方出了毛病？

她一口气说了这么久，目光始终不对着我的脸，只是紧张忧郁

地注视着我的手，好像我的手里，捏着根还阳救命的仙草。

我缓缓地说，出毛病的地方，其实你自己是知道的啊。

她大吃一惊，说，您别开玩笑，我要是知道，还能一次次地陷得这么惨吗？我不会跟自己作对的！

我说，你的三任丈夫，都有一个共同点。你也反复多次提到，你找丈夫有一个雷打不动的条件……

她真是个聪明女子，马上说道，您是说我对身高的要求吗？这有什么错呢？您到征婚广告上看看，基本上都有这一条。人之常情啊。

我说，我很理解你。但我想问，你在对男人身高的要求后面，寄托的是什么呢？

她想了想说，我想……如果男方的个子高，以后生个孩子，个子也会高的。这不是优生优育的规律吗？

我说，你想得挺长远，这很好。可我一直没听到你有要孩子的打算。再者，对一桩婚姻来说，孩子并不是先决条件啊。请再想想，高个子后面的期望，是什么？

她低下头，想。当她再抬起头的时候，我看到了泪水。她说，我想要的是一份家庭的安全感。

我说，对极了。婚姻是要给人以安全感的。但最主要的安全感是从哪里来呢？从男人的头发？从男人的眼睛？从男人的籍贯？从男人的誓言？

她沉思了半晌，说，要从男人对爱情的忠诚来看，和个子无关。小个子的男人，也一样能做个好丈夫的。

我握着她的手说，好。你讲对了一小半，还有一大半。

她说，婚姻的安全感更要从自己来。相信自己，不要把命运寄托在别人身上。这样，即便出了差错，也不会乱了方寸，病急乱投医，不会一错再错了。只要自己安全了，婚姻就安全了。

　　我送她出门的时候，紧紧地握着她的手。她的指尖依旧很凉，但已经有一种坚定的力量，蕴含在指掌之中了。

冰雪篱笆

　　一位男医生对我说，我有一个男病人，说他的妻子是世界上最冰冷的女人，我想请你同她谈谈，不知你能否答应？我一时没反应过来，开玩笑道，世上最冰冷的女人，大概要数《泰坦尼克号》中的罗丝小姐，那种冰海中的长时间浸泡，冻彻肺腑，真乃人间酷刑。

　　男医生说，喔，不是那种体温上的冰冷。是性的冷淡。经过多方面的探讨，我是束手无策了。转介给你，女性之间的对话，可能较为方便。

　　我严肃起来道，你先说说她丈夫是怎样求诊的。

　　医生道，那丈夫说，他和妻子是大学的同学，真是男才女才、男貌女貌啊……

　　我忙说，停停，请解释。什么意思？绕口令似的。

　　医生道，是啊，当时我也听得一头雾水，要他说得清楚一点。那丈夫道，这是同学们的评价，意思说我们两个，就是我和我妻子，都很有才华，相貌也同属上乘。古戏中说的是男才女貌，对我们来说，每个人都有才，也每个人都有貌。若我们两个结合起来，双才双貌，色艺俱佳，那就好事占绝，无往不胜。

我忍不住问道，喔，天下有这样的佳偶，真是难得。依你的眼光看，这做丈夫的说得可确实？

医生笑笑，我知你开始介入情况了，想了解一下这对夫妇对现实状态的感觉，是否在常规之内。是的，常常有这种人，自我感觉太好，对自己的评价和对他人的评价走进了误区，把自己神化把他人妖魔化。如果来人是这种情况，倒比较简单。我仔细观察了这个男子，天庭饱满，地角方圆，谈吐有方，很有学养，合乎法度，只是神色忧郁。看来，他对现实的把握是正常的。

我说，那么，他的妻子，你见了吗？

男医生说，见了。正因为见了，才更觉糊涂。他的妻子仪容俏丽，是一个优雅智慧的知识女性，能很开放地同我谈论他们夫妻间的性生活不和谐问题，并说双方到医院做了各项检查，所有的指标都显示正常。

所以，我是没办法了，看你可有什么妙计一安天下。因为我不但从医生的角度，更从一个男人的角度出发，同情理解那个丈夫的苦恼，希望你能和他的妻子开诚布公地谈谈，看是什么症结在阻挠着这位生理上完全正常的女性，无法全身心地爱她的丈夫。

我说，试试吧，我也没有很大的把握。

和那位妻子见面的第一瞬间，我就承认男医生的判断完全正确。这是一位外表看起来无懈可击的正常女性，白领装束，风度翩然。

我说，从哪里开始谈呢？

她说，就从基因开始吧（为了称呼的方便，我就叫她茵）。

我说，为什么从这里开始呢？好像一个生物实验室似的。

茵笑了，说，基因几乎就是我和丈夫结合的红娘啊。

我讶然，问道，这是怎么回事？

她说，您知道，大学是个谈恋爱的好地方。几乎所有杰出还是不怎么杰出的男生女生，都希望在大学的校园里，找到自己的另一半。人们不但自己辛辛苦苦地找着，还用自己的眼光，为别人操劳着。在这方面，人可以说是充满了搭配结合的欲望，甚至有一种游戏测验的味道。男宿舍和女宿舍经常议论班上谁和谁合适，是半夜三更时分永久的话题。

我和我的丈夫，就是在这种氛围内走到一起的。所有的人，都说——我们是多么般配的一对啊。

是的，不是我自夸，我的容貌和智商，都在女人当中属于上乘。我说这一点，没有炫耀的意思，只是实事求是。

茵说到这里，看着我。我知道需要给她一个回馈，我用力地点点头。不但是出于礼貌，更是出于赞同。

茵接着说下去。

我的先生，也很棒。有句俗话，众口铄金，意思是群众舆论的力量非常大。我相信这句话，人们都说你们合适，熟悉你的人这样说，刚刚认识不久的人也这样说。你的家人这样说，你的仇人也这样说，你就觉得这件事有点神秘，有点宿命，甚至有点在劫难逃。说的人多了，你就有一种顺从感，并在其中感觉安全，以为这是一桩保险的婚姻。

后来，我们果真结婚了。刚开始的时候，我们夫妻生活很幸福，那种滋润有流光溢彩的美容效果，是能够反映到皮肤上的。认识我的人都说，你越来越俏皮了，什么时候添宝宝啊？你们的孩子，一定结合了双方的优点，又聪明又漂亮……

说到这里，茵的目光突然暗淡了。她停顿了片刻，懒懒地说下去。

生了宝宝之后，有一段我忙着照料孩子，丈夫也很体谅我，夫妻生活那方面很少要求。后来，请了保姆，孩子有人照料，另居一室。当我们有机会开心地鸳梦重温时，我才突然发现，我所有的兴趣都丧失殆尽，整个人如同枯木死灰。这不是心理上的原因，我爱我的丈夫，我希望他快乐幸福，但是，我身体不听我的指挥，它抗拒厌恶这种活动，像石块一样毫无反应。当时我想，可能是生育的变化，强烈地改变了我的机能，随着时间的推移，就会慢慢恢复。我把这个感受同我丈夫讲了，他通情达理，很理解我，愿意等待我复原。我们就这样等着，试着……但是，至今已经整整七年了，女儿已经从襁褓走进了小学校，但我和丈夫的夫妻生活没有丝毫好转。我已尽了所有的力量，可是身体不是电脑，它不听你的命令，顽强地抵抗着。我身不由己，非常痛苦……

茵讲到这里，停下来，眼巴巴地看着我，希望我能批出一条秘诀。

我看着她，心想：看来，他们夫妻感情上很恩爱，生理上也经过反复测查，排除了器质性疾患，症结究竟在哪里呢？

突然，一个有关时间的概念强烈地提示了我——"生了宝宝之后"。

我说，生了宝宝之后，发生了什么事情呢？

我在心中飞快地假设了多种可能性，没想到茵回答我说，没发

生任何事情。当然，有了宝宝，时间比以前紧张，身体操劳了，但是，这都不是决定的因素。你可以看出来，我的身体很好。

是的。我看得出来，她营养状态不错，既不臃肿也不细弱，正是少妇生机勃勃的年华。

我的直觉让我坚持"时间"这个变量。总觉得在这个时段，发生了什么。她的否认，让我感到按照通常的逻辑，似乎不能解释。我细细地回忆着她说过的每一个字，猛然，我想到了对话时，她那个少见的开头——基因。

我说，你相信基因吗？

她苦笑了一下说，又信又不信。

我追问，此话怎讲？

她说，信，是因为那是科学，中国外国的报纸都在讲。龙生龙凤生凤，你不信行吗？要说不信，嗨……我和丈夫的基因都不错……算了算了，不谈了。她万分沮丧地低下了头。

我感到自己正在接近那个谜团的核心。虽然追问下去看起来是一种残忍，但也许正是要害所在。我说，我看你一下子变得垂头丧气的，能否告诉我，这和基因有什么关联吗？

她痛苦地低下了头。由于她的头低得很深，我无法知道她的面部表情。当她再次抬起头，我才看到满脸滂沱泪水。

我说，看到你非常难过，我也很不好受。能告诉我，你想到了什么？

她吃力地说，不是想到，是看到……第一次看到的时候，我几乎昏了过去。

说着，她从自己精巧的手提包夹层里，掏出一张照片，递

给我。

我看到一个女孩，扁扁头，肿眼泡，塌鼻子，瘪嘴巴，稀疏的头发……天啊，几乎所有女孩子长相上的忌讳，这小姑娘都犯全了。

这是……我迟疑着没敢把话说完整。

是的，这是我的女儿。这就是基因的故事。我和我丈夫的基因都那么卓越，可是组合在一起，怎么就成了这个样子？我恨这种男女结合，它是一种魔鬼的戏法。它能把优秀化成腐朽，它耍弄人，它把一种灾难，一种命运的不可知性强加给我，它让我一看到这个孩子，就对性的活动产生了强烈的憎恶感。它是蛇蝎出没的烂泥潭，给你片刻的欢愉，然后是无尽的恐怖和烦恼。直到你沉没了，它却若无其事地站在一旁冷笑。它把瞬间的事情，化成严酷的绵延的后果。把无尽的灾难留给那对无辜的男女，留给那对男女的天真孩子……所以，我要反抗它。我要禁绝它对我的再一次迫害。我用冰雪修建篱笆，严丝合缝，它再也休想钻入。我以所有的力量抵御它的诱惑，我不能承受当我第一次看到这个孩子的丑陋容貌时，所遭受的惨痛的挫败，那一刻，我是世上最绝望的母亲……

我忙插入说，不好意思打断一下，你对女儿怎样？

在这一刻，我真的非常关切那位让母亲大失所望的女儿。

还好。因为我知道这不是她的过错，我不该恨她。要说恨，该恨的是我，是她的父亲，是我和丈夫的这种结合，是制造生命的过程。茵说完紧紧咬着嘴唇。

谈到这里，真相大白了。这位母亲，因为无法接受女儿的容貌，追本溯源，她认为是性的活动导致了男女双方基因的重组，她就在潜意识里抵制夫妻间的性生活。用自己的推理，堆积成一座冰山，把自己冷冻成了"罗丝"。

我说，生命的诞生的确是一个非常复杂的过程。显性遗传隐性遗传，还有许许多多人类无法破解的题目。基因是无罪的，夫妻间的性生活是无罪的，你的女儿也是无罪的。况且，一个人的先天相貌和他后天的发展，也没有完全必然的关系。你的冷漠，归根结底，来源一种不合理的期望的破灭。你希望有一个美丽的孩子，这可以理解，却不能把它当成百分百的真实。一旦达不到理想，你就把愤怒透射到了夫妻生活。

茵看着我，若有所思的样子。久久，嗫嚅地说，喔喔，原来，是这样啊。其实，有了现代的避孕工具，悲剧就不会重演。再说，基因的组合，也是人类无法控制的概率……

我欣喜地看着她，知道冰雪已渐渐消融。

伤亡于家庭

大千世界，伤亡多矣。有死在炮火下的，有死在权力场上的，有死在金钱堆里的，有死在脂粉欢场中的……不知你是否注意到，使我们遍体鳞伤的场所，更多的是家庭。

在那种战云密布的家庭里，没有箭载硝烟，但绝不乏刀光剑影。看不见的伤口在流血，看不见的内伤在悸痛。日复一日的擦痕渐渐累积为镂骨的深壑，终有一瞬胸膛断成尖锐的两截。彼此以伤及对方为快意，看他人伤痛会带来狭邪的喜悦。也许正因为当初相知甚深，了如指掌，所以，一旦反目为仇时，那讥讽就格外尖刻，那嘲弄就格外有力，那刺杀的穴位就格外精准，那致命的一击就格外凶猛……

受伤于家庭的人，我估计一定多过死于原子弹爆炸的人群，只是人们通常缄默。那原因或是不愿意说，或是不敢说，或是不知道怎样说。伤于战场是勇敢，死于情场是痴迷，而家庭的伤亡，难以察觉，无法启齿。那痛楚而怪异的感觉，好似被一条柔软的丝索紧扼喉头，虽然越来越感到窒息，但哽噎吐出，只怕他人不懂，得到的便是羞辱。于是，无数的人，默默咀嚼着，要么选择继续持久地被伤害，要么名存实亡地敷衍着家庭，甚至犯下罪行。

当我们从法制刊物形形色色案件的披露中，得知发生在家庭的种种血案，才蓦然发觉，家庭致伤如此惨重。

于是，我们震惊，震惊之余我们宽慰着自己，以为那只是万一和偶然。但随着越来越多的不幸进入我们的视野，我们不得不痛心地承认，家庭中的伤亡俯拾即是。

人们因为爱，走进家庭。当我们四目相对结为一体的时候，在洁白的婚纱下，新人并不完美，彼此带着旧时的痼疾。那些由于历史的原因，久已附着在我们血液中的病毒，并不因婚姻的缔结而有所收敛。在新的环境下，它们伺机复发，阴谋一逞。家庭并不是具有奇特功能的天然矿泉，不管什么病，只要一跳进这盆滚烫汤池里，便霍然痊愈。更别说倘若那婚姻的结合原来就有同病相怜的前提，由于病症相似，病毒更有了协同发作的机遇。

家是两双手共同续进柴薪的一盘暖炕，只有不间断的投入，才会有恒久的温馨。

可惜很多人不懂。他们对家庭寄予了太多不切实际的幻想，以为家有魔法，可以自生自长，点石成金。他们打算不必进行艰苦的自我改善，只靠从对方身上源源不断地索取能量，就会达至幸福。

当家庭中生长出获取大于奉献的稗草时，家庭的伤害就已经萌生。

被汲取的一方，感到失望和削弱。他们由不自觉到自觉地开始拒绝和反抗，选择躲避或者反击。

汲取的一方，由于感到被抛弃和冷漠，开始更大力度的依附和摄取。他们或是撒娇或是要挟，或是疏离或是紧紧粘连。

在家庭的战争中，绝没有永远的胜者。家庭原本就是共同的疆土，你刺伤对手的同时，弹片也溅满自身，伤口也汩汩流血。在家庭的战争中，也绝不存在着根本的弱者。当你得知一个孱弱的家庭妇女，发觉了大权在握的丈夫有了第三者，所以愤而挥斧斩夫，自己也被处以极刑，你能说在这场家庭的生死搏杀中，谁胜谁负？谁弱谁强？有的只是两败俱伤，家庭化为齑粉。

更为令人焦灼万分的是，在家庭之战中，注定有一个永远的伤者，那就是孩子。

有多少不和睦的家庭，当无望处置种种的纠纷和矛盾时候，不负责的男女主角，会生出一个愚蠢的念头——生个孩子出来试试吧。也许靠这个啼哭的小婴儿，可以平衡分裂的气氛，弥补破裂的情感，让家庭发生一个意想不到的转折。

可惜，几乎百分之百的结局是，奇迹没有出现，发生的只是悲剧。

一个婴儿的诞生，会带来更多繁杂的事务，家庭经济会更趋紧张，夫妇相聚的时间会更为削减，精神上的压力更显沉重，各方面的负担更呈增加。于是，无数企图靠孩子来增进婚姻的家庭，堕入了更不良的循环。这一次，卷进泥潭的将不仅是两个不成熟的成人，更有了一个嗷嗷待哺的婴儿。

在家庭战火中生长的孩子，普遍缺乏安全感，日夜像受了惊吓的小兔。他们高敏感低自尊，一颗幼小稚嫩的心，感受到的不是家庭的温暖，而是无尽的惊恐和动荡。在父母的争执和威吓中长大，愁苦和忧伤写满幼小的额头。他们冷漠孤独，桀骜不驯。既然亲生的父母都不珍惜他们的来临，他们找不到生存的价值和意义。从小在夹缝和脸色中讨生活的经验，使他们尴尬和怨愤。长大之后，他们缺乏爱的能力，眼光多阴郁游移，心胸多狭窄悲怆。因家庭受伤的孩子，也许不乏高超的智商，但注定缺少由衷的微笑和与人为善的襟怀。

于是，家庭的伤害就成了一种带有遗传性质的恶疾，不但害了一代，更害了后代。

纵观人类的发展，建造和平的家庭，必是持久的工程。我猜想那些没有墓碑的家庭伤亡者，一定在冰冷的地下，用暗哑的声音告诫世人：请包扎我们的伤口，它们依旧折磨得我们痛不欲生。请收起家中的武器，它绝不会带给你幸福。请记住我们最后的忠告——家庭应是阳光下的果园，每一颗果子都充满香甜。

孜孜
不倦地爱
与被爱

美好的
性语言

　　一位研究性医学的专家，在某次会议的间隙郑重地对我说，他在临床上医治女患者时，需要充满美好情趣的性幻想文字辅助治疗，而这类文章在中国几乎空白，不知道文学家能否做这件事？

　　他说这话的时候，很严肃地注视着我。我猜到了那目光后面的含义：您能帮这个忙吗？

　　我赶紧装作不曾察觉他的微言大义，把话头岔了开去，他也再不曾提起。但这个题目，却像一枚竹刺扎进指甲，久久地梗在那里，敏感且令人作痛。

　　我本来想说，让那些女人看看《金瓶梅》吧。但又一想，它不符合美好情趣这一要求，再加上也太古老陈旧了。那么当代中国有多少符合美好情趣的性文学呢？

　　巡视四周，难以寻觅。

　　当我认真地思考这一问题的时候，突然发现自己陷入了哑区。也就是说，我们这个民族，在这个非常重要的领域，当代集体失语。

　　食色，性也。我们是食的大国，我们有非常发达的烹调术语。

它从古至今，源远流长地传递下来了，并有远播世界的可能。在我们悠久的古代文化里，也有关于性的文字，但夹杂着对女性的歧视和单纯技术观点，很有分析提炼的必要。可惜近代以来，玉石俱焚，基本中断了，一般人无法得见。

我们现在实用的性语言体系，大体由两部分组成。

一部分是民间俗语，它们生猛下流，把对女性的欣赏求索和强烈的歧视，把对性的生殖本能崇拜和道德伦理层面的蔑视，奇异复杂地纠缠搅拌在一起，色厉内荏，泥沙俱下。那些市井流布的近乎狎妓和流氓的语言，实在令今日受过良好教育的知识阶层，无法心甘情愿地接纳和重复运用它们。

另一部分是医学术语，它们准确但是粗疏，拗口且不灵便，实用性很有几分可疑。一位做心理咨询的朋友说，半夜时分，常常有咨询性问题的电话。对方的口气十分为难，结结巴巴，倒不是不好意思，因为反正彼此不见面，说什么都无所谓。主要是因为他找不到合适的词，述说自己的苦痛。他会吭吭哧哧地嘟囔……我的那个地方，就是……男人的那个地方，叫……咨询员一般会适时地解救他，以平稳的口气说：您说的是阴茎吗？那个人如遇大赦，赶快重复：是——阴——阴茎……口气极生疏和晦涩，称呼自己的器官，好像在会谈一位外星来客。某做医生的青年朋友，说她在做爱的前戏时分，不知如何表达，只得把一堆形容生殖系统的医学术语抛出，她先生说自己有被推上手术台的感觉，兴趣顿时索然。

顺便说一句，我以为当初汉语言翻译界，以医学术语为人体生殖器官命名的时候，好像欠周详且漫不经心。比如"阴茎"这个词，就很有些莫名其妙。女性的那一整套系统，统以"阴"字打头，

这或许是受了中国传统哲学的影响，以为世分阴阳，女子为"阴"，因此沿袭下来，也算言之有据。但夹了男子的这样一个阳物在内，不伦不类的，造成了理解上的模糊。再比如，人对一朵花，尚且有花蕊、花瓣、花茎等一系列的细致区别，对人体的其他重要的器官，也不厌其烦地分段命名。例如牙齿，就有门齿、犬齿、臼齿等不同。一个空空如也囊似的胃，进口和出口，也分了贲门、幽门，好像命名一间书房。唯独对繁琐的生殖系统，却一言以蔽之，马马虎虎地以"头""体""尾"粗略刹开，就算交了差，好像那是一条无关紧要的小鱼，不值得认真对待。

人们两难。于是我们的文学书籍，当必不可少地需提及性的时候，巧妙地用"××"来代替，近年来又有了方框（□□）一法。但我不知在清扫视觉污染的同时，考虑到了读者阅读的心理过程没有？通常遇到"××"的时候，人们会在默诵中，将它用自己已知的各种民间俚语或是更为粗鄙的市井语言，一一复原，甚至反复顺畅，默诵再三，以检验自己复原的妥帖性。于是那印刷者最初的洁净苦心，就悲哀地付诸东流了。至于方框，更引起了扑朔迷离的争执，以为那不过是描写和印刷杂交的噱头。

面对喑哑，人们于是因陋就简地寻找代用品，有时到了哭笑不得的地步。比如"睡觉"这个词，和吃饭读书一样，原本的含义是再清楚明白没有了。但现在成了性的隐喻，一般人竟不敢随便用了。其实谁都知道，那件事并不一定非得合上眼、安了眠才做得。人们正正常常睡觉的时间，一定比用这隐语的时间要多，但现在鹊占鸠巢，反倒失了本意，让人用这个词的时候，常常三思而后行。

作家是以运用语言为爱好并为职业的。文字是作家的砖瓦，人人守土有责。现代汉语，如波涛滚滚的江河，不断受纳各行各业的专业术语，丰富发展并澄清积淀着自身。比如近年来电脑语言的大举入侵，就很令人欣喜和警觉。但是我们的性语言体系，至今令人悲哀地僵化着，陈腐着，粗鄙着，不登大雅之堂地低级着。

人的每一组器官，都是神圣和精彩的。人体的生理活动，更是科学和文学重要的研究对象和组成部分。美好的性，是阳光下的火炬。中国的语言学家、性学家和文学家，应当携起手来，创建汉语高雅美好的性语言体系。

家　问

家是什么？

家会很小很小，螺蛳壳是蜗牛的家。家会很大很大，宇宙是星星的家。

家会很轻很轻，像一粒浮尘，被人一指掸掉，不留一丝痕迹。家会很重很重，像一座铅山，压在脊上，寸步难行。

家会很快乐很幸福，像一眼不老的喜泉。家会很凄楚很悲凉，像一汪深不可测的泪潭。

问年轻人：家是什么？

他们回答：家是粉红色的玫瑰，有刺更有蕾。家是甜蜜的吻、热烈的拥抱、柔情似水的情话和思念时的邮票。

问中年人：家是什么？

他们回答：家是心灵与肉体的港湾，能停泊万吨巨轮也能栖息独木小舟。家是无私的付出与接纳，家是脱去疲劳的热水澡。家是一个苹果，你一大口，我一小口。家是一副重担，我愿我这边的力臂短，你那边的力臂长。

问老年人：家是什么？

他们回答：家是黄昏湖边的搀扶，家是灯下互相剪去丝丝白发。家是一件旧风衣，风也是它雨也是它。家是虽非一见钟情，却望白头偕老的漫漫旅程。家是墓前的一枝黄菊。

问孩子：家是什么？

他们回答：家是妈妈柔软的手和爸爸宽阔的肩膀，家是考一百分时的奖赏和考不及格时的斥骂。家是可以耍赖撒谎当皇帝，也需俯首听命当奴隶的地方。家是既让你高飞又用一根线牵扯的风筝轴。

问情人：家是什么？

他们回答：家是舔着伤口的两只狼，家是荷尔蒙的汹涌分泌。家是一日不见，如隔三秋。家是猜忌、争执、思恋、指责的杂耍场。家是枕边泪窗前月，家是今夜你会不会来？

问养家的人：家是什么？

他说：家不是勋章，你挂在胸前，别人也看不见。家是一条暗地里逼你不断挣钱的鞭子，直抽得你遍体鳞伤。

问弃家的人：家是什么？

她说：家是一种能力，一种学习。我自忖无力从那里毕业，就中途逃亡了。

问无家的人：家是什么？

他说：家是羁绊，家是约束，家是熄灭人创造激情的沼泽地，家是一种奢侈的靡费。

问恋家的人：家是什么？

她说：家是树上的喜鹊窝。纵然世界毁灭了，只要家在，依然有一切。

问恨家的人：家是什么？

他说：家是爱情的终点，家是英雄的坟墓。家是累赘，家是负

孜孜不倦地爱与被爱

担。家是挂在你项上的枷锁，家是你出卖自身的契约。

我不知世上还有另外的场所，会如此众说纷纭，褒贬不一。

家庭，是大千世界的缩影。人们在家中卸去重重角色的面具，露出天然嘴脸，最坦率最赤裸。人性的善与丑，方寸之间，纤毫毕现。一代伟人，能治理好一个国家，未必能调理好一个家。能统率千军万马的将军，可能是妇孺裙钗下的败将。

有人以为家是最自由最放任的所在，可以放荡不羁。其实，家是最考验责任感的圣坛。对一个你所挚爱的人都不忠诚，你还能为世人所信吗？对一个托付终身的人都无法负起责任，你还能承诺他人的期嘱吗？连自己的一脉血缘都不能照料和抚育，你还能爱国爱民吗？在家中，我们看到了太多的丑恶。对亲人施暴的人，不可能对他人仁慈。在家中阴郁的人，不可能对太阳微笑。在家中诡计多端的人，不可能真诚对待友人。在家中粉饰虚伪的人，不可能直面惨淡人生。

如果没有准备好，请不要撕下走进家庭的门票。如果没有爱自己也爱他人的能力，请不要构造家庭的地基。

很多人抱着从家庭掠取支援的动机，匆匆为自己寻一个可供汲取能量的后勤仓库，殊不知，家庭不是无中生有变出魔力的黑斗篷。家庭的温暖先要无私无偿的培养和付出，然后才像春草，毛茸茸地生长起来，一旦失去爱情的滋养，再稳固的家也会很快风化。爱的力量，有时很巨大，有时很贫瘠，全看你是否以心血灌溉。

家庭里如果没有神圣感和勇气，请别要孩子。家庭缔结之时，并不是简单男女人数相加，而是诞生了另样的结构，一个崭新的物种。这个物种的花朵和果实，就是孩子。

一花一世界，一家一宇宙，婴儿降临世上，家是包裹他的蛹壳。倘若家中注满健康的爱的花粉，他就吸吮着它，用爱滋养构建着自己的听觉嗅觉知觉，渐渐地酿成心中小小的蜜盏。在爱中长大的孩子，爱是他的羽衣，爱是他的长矛。在爱中蓬勃成长的孩子，他看天下，就比较明朗。他看人性，就比较乐观。他看自身，就比较有尊严。他看他人，就比较客观。他看丑恶，就比较勇敢。他看前途，就比较光明。他看事物，就比较冷静。他看死亡，就比较泰然。

在纷乱和丑恶的气氛中成长的孩子，是伪劣家庭的痛苦产品。他们在家中最先看到并习得的待人处世经验，是破碎疏离和粗暴残酷。他们是那样幼小，缺乏分辨的能力，以为这就是人世间的模型。当他们走进社会的时候，会不由自主地以不良家庭的模式对待他人。将紊乱与不协传染到更远的范畴。更令人惊惧的是，来自不完美家庭的孩子们，彼此具有病态的吸引力，仿佛冥冥中有一块恶作剧的磁石，牵引性格有缺憾的男女，使他们格外同病相怜，迫不及待地走到一起。病态中建立的家庭，如履薄冰，全是悲剧。如果不能卓有成效地打断铰链，这种会伤人的家庭，就像顽强的稗草，代代相传，贻害无穷。

家可以很单纯，一个人也是一个完整的家。家可以很复杂，整个地球是一个共同的屋顶。

家啊，是理解奉献思念呵护，是圣洁宽容接纳和谐，是磨合欣赏忠诚沟通，是心心相印浪漫曲折生死相依海角天涯。

孜孜
不倦地爱
与被爱

家的疆域

　　一个家就像一潭水，经常有风和石头经过，扰乱平静。导致夫妻间发生争执的人或事，有时同自家没一点儿关系，颇有株连的味道。比如遥远的地方有一个女人死了，妻子说，真吓人啊。丈夫说，有什么了不起？这世上每天死的人多了去了。妻子就说，想不到你是这么一个绝情的人，有朝一日我死了，只怕你也无动于衷。丈夫说，这不是强加于人吗？她死和你死有什么关系呢？真是小题大做！妻子说，我都要死了，你还说是小题，在你心里，究竟谁才是大事？！……于是争吵就水到渠成地发生了。

　　家是一个那么容易发生地震的地方，其频率和强度大大超乎我们的想象，震中却往往不足挂齿。好像人们相知得越多，越难以彼此从容地体谅。如果说我们对外界的人还有耐心探讨动机的多种可能性，做出比较理性客观的判断，对在同一屋檐下爆发的争吵，几乎从一开始就认定对方是挑衅和非善意。我们可能为一件毫不相干的人和事，发起剧烈的口角，直到完全忘记了唇枪舌剑的诱因，只遗留下锋利言辞对彼此心灵的伤害。每逢阴雨，那伤痕还会像蚯蚓似的蠢蠢欲动。

或许对家庭的势力范围做个明确的划分会有益处。家是我们共同的领地，它从建立那天起，就是一个崭新的国度。每个男人和女人，在婚前都有自己的疆界和朋友。走到一起来的时候，除了携着自身，还举一反三地带来了原先的爱好、习惯和亲朋……要知道，新组家庭的国境线，并不是男女双方原有管辖区域简单地算术叠加。如果你悲惨地那样以为了，就会对不期而至的遭遇战惊诧莫名，被无穷的战火轻则熏伤重则灼灭。

每一对夫妻都需要细致地研究，这个刚刚诞生的小小联合体，有哪些不同的兴趣和特殊的禁忌。

当我们对某一人或事慷慨陈词的时候，也许表面上看不出血肉相依的联系，但实际上凸显的是自己对世间的特定视角。既然我们在其他场合，都可以谦虚地承认自己并非万能，在家中为什么要强硬地固执己见？想来是希望最亲近的人，能与自己心心相印。一旦遭到误解和反驳，愤怒和沮丧便呈现三倍的猛烈与尖锐。

所以，对于那些敏感而无关大局的话题，明智的办法就是像两个边境不清的邻国，各自后撤，以便维持和平共处。

无伤大雅的分歧，可避让与迂回。对远处的人和事，不妨模糊朦胧，求同存异。对那些有可能导致战火的危险话题，明智地腾挪躲闪。对共同感兴趣的部分，大张旗鼓同仇敌忾。

当然疆域可以渗透，可以磨合，可以扩展，可以融汇古今天下大同。但那需要时间，很漫长的时间，也许是一生一世。涂抹疆域界线的橡皮，只能是爱。持之以恒地相互热爱，甘远醇厚。爱到心驰神往，爱到天人合一。

家可以延伸得很远很远，包容大千世界。家可以蜷缩得很小很

小，仅两个人也打得不可开交。家的边陲可以绿树成荫繁花似锦，围起一个小鸟的天堂。家也可以狼藉一片血流漂杵，筑成一双男女的死牢。关键需每位成员既是国王也是兵，建设它守卫它，和谐地调整家的内政外交，处理好家的边关防务。

在家的日子，我们要更宽容，更聪慧，更善良，更真诚。

家无垠。

七万小时
之外

　　小时候，到同学家玩。部队院落，公家配给的住房，格局大同小异，家具也都是发的，一样的桌子一样的床……有一回，我看到同学家盛饺子的盘子和我家的一模一样，大吃一惊，心想该不是此人偷偷把我家的盘子搬回自己家了吧？急急忙忙跑回家，看到自家的盘子安然睡在碗柜中，这才长吁一口气。

　　后来问妈妈，才知盘子是早年间统一发的，用得马虎的人家，都已损坏了。因为这两家用得仔细，才酿出了我的惊疑。妈还说，连花窗帘也曾统一发过，你不要以为别人把咱家的帘子摘走了。

　　但我在这强烈的雷同中，依然顽强地感到了职业带给家庭的烙印。比如父母都是医生的那家，到处是耀眼的白色，空气中总是弥漫着令人想打喷嚏的味道。我原以为她家爱把消毒水泼到拖把上擦地，不料该同学说，才不是呢，是我爸妈在医院里，头发都被这种味腌透了，他们走来走去，家就变成了一只药盒子。

　　有一位同学的老爸是飞行员，家里摆满飞机模型，还用黄铜的子弹炮弹壳做成实用或装饰的物件，金光四射地悬挂四处，令人有一触即发之感。有一位的妈妈是海军，无数尊珊瑚雄踞各个角落，

孜孜
不倦地爱
与被爱

绕行其中，恍以为自己变成一条鲸。记得有一次我忘了她家的门牌号码，向人打听，因并不知她父母的姓名，情急之下说，就是有很多红珊瑚的那家，被打探的人立刻伸出手指答，噢，拐弯就是……珊瑚已成路标。

人们通常是赞成把职场和家庭分开的，同意"工作是工作，居家是居家，两者有界限"。问过一百个人，都发誓说不愿把职场中的挣扎带到平和的家中。但在实践中，谈何容易呢？

上班时间忙不完，未完之公务就紧随你疲惫的脚步进了家门。如同一种极具生长性的蘑菇撒在潮湿的草原上了，你将无法控制它的滋生。还有那无所不在的工作电话，仿佛章鱼的触角，把你与你所从事的职业捆绑在一起。倘不留心，可搅缠你到窒息。

夜半了，你还苦泡在对事业的设计中。即使是和家人一道旅游，你会突然萌动一个工作创意，灵魂出走，游离于山水之外。事业腾达，家庭易生泡沫与幻觉，濒临破产下岗，家中恐也阴云密布狼烟滚滚……

某男人要离婚，理由只有一个，说是受不了妻子的讲话。大家都以为必遇到了悍妇，调停时才发现那女人极富耐心，于是众人反过来问男方的不是。男人说，你们只同她接触了片刻，自然以为她不错。知道她是干什么的吗？幼儿园阿姨。她总是把我当成园里大班的小朋友，每一句话都要重复三遍以上，且全是指导和教育性口吻。你愿意终生都在一种被人强加的幼稚氛围里度过吗？不愿，就要离开……

家庭的质量，和职业状态有着千丝万缕的关系。现代的行业分工越来越复杂和细腻了。据统计，一个人从大学毕业参加工作一直

干到退休，在职场上要打拼七万个小时。想想看，这是怎样的七万个小时啊！你年富力强，你全神贯注，你头悬梁锥刺股，你惨淡经营。你生命的黄金时段，胶着凝结于这七万小时，炼出一枚放射性元素，对现代家庭辐射出极具穿透力的影响。

新的职业也带来新的问题。一位年轻的妻子说，自从丈夫成为电脑工程师，钱挣得越来越多，话说得越来越少，用词越来越缩略，充斥着黑话般的术语，有时简直觉得他被工作置换了，变成了一台人形电脑……

世上有各种各样的职业，世上只有一种快乐的家庭。从事每种正当职业的人，都可以拥有快乐的家庭。职业可以有好坏，却是没有对错的。没有哪一种工作对家庭的快乐一定有益或是一定有害，全看你我如何建设。

第四辑

有爱就有痛惜

爱情是人生列车上的轮子，
但不是火车头。
一个人不可能只是为了爱情而活着，
那样就迷失了人生的深邃意义。
到头来，
爱情也变成了虚空。

因为青，
所以涩

长久以来，不敢写有关早恋的文章，难啊。

太模棱两可的话题。和发育有关，和禁欲有关，和少年们今后的幸福有关，和父母的心愿有关。甚至和今天的剩女太多有关。你想啊，早早就恋了婚了，哪里来这么多大龄未婚男女？

直到看到一则报道。

北京大学妇幼保健中心与全国卫生机构合作，调查了北京、郑州、南宁和深圳四市十家医院的两千多名请求做人流的未婚女性。结果，百分之五十七点一患有生殖道感染；三分之一首次性举动发生在十九岁以前，其中百分之八点九发生在中学期间，首次性举动最小年龄只有十三岁；性同伴数最多达十六个。但九道极为简单的关于性健康知识的测试题，答对者却只有百分之一点二……

吓死我了！心痛如绞。于是决定写写自己不成熟的看法。因为我是女性，是医生，是心理学家，还是母亲。

细琢磨起来，早恋是一个合成词，是由"早"和"恋"这两个可以独立成行的单字组成。先说说这个"恋"吧。什么叫恋呢？要说清楚，还真不容易。有时候，一些常常挂在嘴边的词，倘若深究

起来，张口结舌。

查了字典，各种解释，大同小异。我最喜欢的一种是这样说的——"恋"，乃想念不忘，爱慕不舍，不忍舍弃，不想分开之意。

这个解释里，在拥挤了多个"不"字之后，是一些有离散意味的词。比如"忘""舍""分"，加上"不"的前缀，就成了否定之否定。直说的话，就是不断的思念，不离不弃的爱慕，任何原因也不能让之分开的决定，说什么也不肯放弃，希望永远厮守的信念……"恋"字的意思就清晰了。

早恋——中国的土特产

再说说"早恋"的"早"——多早算是早？

有个朋友信誓旦旦地说，他五岁就开始知道男女之事。在幼儿园上中班，就开始恋爱了，恋爱的对象就是班上另外一个穿着开裆裤的小丫头。

我怔住了，不知该做出什么表情相宜。若说人家不是恋爱，好像有点小瞧人家智商情商加上生理功能的意思。若说这是一场恋爱，也太令人不可思议。我以前当过医生，始终相信经济基础决定上层建筑，恋爱这件事，绝对和性荷尔蒙分泌有关。不无忧虑地想到：如果此人是"真性性早熟"患者，这种情况怕是有可能出现。

早恋不是一个科学的提法，只是一种约定俗成的俚语，没有严格的意义，也算不上一个正式和专业的词语。但它的分布范围很广，基本上全覆盖中国大陆地区。不过除了中国，别的地方似乎不大兴这个词，算是咱们的土特产。

记得我小时候，看电影《柳堡的故事》，其中有一句歌词唱道：

九九那个艳阳天来哟
十八岁的哥哥想把军来参
风车呀跟着那个东风转
哥哥惦记着呀小英莲

我当时十分惊诧，这么小就谈情说爱，真有点大言不惭了。
让人更心惊肉跳的，是英莲的对唱。

九九那个艳阳天来哟
十八岁的哥哥细听我小英莲
哪怕你一去呀千万里呀
哪怕你十年八载不回还
只要你不把我英莲忘呀
等待你胸佩红花呀回家转

英莲决心多大啊，比孟姜女还果决有韧性。绝对属于"想念不忘，爱慕不舍，不忍舍弃，不想分开"之"恋"的真谛。

中国现在一般认为，凡是早于十六周岁的恋爱，应算作"早恋"。按照这个标准，表决心的哥哥只有十八岁，英莲很可能还不到十八岁。

伟大的革命导师卡尔·马克思，应该也算是早恋之范本了。

马克思出生于 1818 年 5 月 5 日。1836 年夏，在伯恩大学攻读法律的一年级学生马克思，回特利尔向自己热恋的姑娘燕

孜孜
不倦地爱
与被爱

妮·冯·威斯特伦求婚。燕妮就和十八岁的马克思约定了终身。

十八岁就求婚，在这之前是相恋。那么这就必定属于早恋的范畴。革命导师都曾经有这样的经历，早恋的合理性也算是有据可依。

再来说说脍炙人口的梁祝吧。当化蝶悲剧发生时，据专家考证，大约是在十四至十六岁之间，甚至可能年纪更小。我看到过一种说法，说祝英台只有十二岁，根本就没有发育成熟，所以梁山伯才看不出来她是个女孩子。

以上这几个例子，颇具杀伤力。有凄美神话，有战火英雄，还有伟大导师……均在挑战如何看待早恋。

只有灰，没有水晶鞋的概率

要把这样一个复杂的大问题说清楚，容我把话题扯得远一点。

首先，人为什么要恋爱呢？

说一千道一万，恋爱是为了结婚。可以有不曾恋爱就结婚的婚姻，但不应有不以结婚为目的恋爱。当然了，在恋爱的过程中，发觉这个人不是适宜结婚的对象，就中止了恋爱，这另当别论。如果有什么人说我只恋爱不结婚，基本上可以认为他或她是个骗子或者生理心理上不正常。打个比方，吃饭是为了补充营养。如果不是为了充饥，纯粹图的是口腔运动，那就是泡泡糖。

既然是为了结婚，那么，关于梁祝的故事，就有了一个不容忽视的前提。在中国古代，就法律规定的婚龄而言，大致在男十八岁，女十五岁，甚至更早。古代的婚龄概念，和咱们今天婚姻法规定的年龄含义有所不同。婚龄在很多朝代中都是强制性的，也就是说，为了繁衍人口，男女到了这个年龄必须结婚。

汉初便有明确的"不婚罚款"方案，据《汉书·惠帝纪》记载，公元前189年，刘盈下令："女子年十五以上至三十不嫁，将被罚款五算。"

说的是年龄在十五至三十岁之间的适婚女子，如果你不出嫁，就会被罚款。罚多少呢？五算。"算"是个什么东西呢？是当时计征人头税的单位，是开国皇帝刘邦在建国后第四年定下的税收办法。凡是十五岁以上、五十六岁以下的国民，都要缴纳人头税。每人税款额是一百二十钱，称为"一算"。

这样就比较明白了，五算，就是六百钱，再加上原有要缴纳的那一算，这个不婚不嫁的女子，要交六算税款，合计七百二十钱。或许有人会说，嗨，不就是区区几百个大钱吗，不算高啊。话可不能说得这么轻巧，当时的物价是每石粮食一百钱。七百二十钱可以买到七石多粮食（一石等于一百斤），比一个成年人一年的口粮还多。这个惩罚够重的。

所以梁山伯与祝英台相遇相恋，有当时的历史因素，不能不由分说拿来做今日楷模。

现代规定的婚龄，则是一个最低标准，是一个能够走进婚姻的门槛。你只有到了这个年龄，才能结婚，这个婚姻才得到法律的保护。至于"柳堡的故事"，那是战火纷飞时的非常情况，生死未卜两情相许。现在是和平年代，不宜贸然照搬。

说到革命导师的爱情，那是小概率的事件。有一些幼稚的人老念念不忘这个故事，我想问一下，你在别的地方向马克思看齐了

吗？你有那么渊博的知识吗？你有那么阔大的襟怀吗？你有那么伟大的发现吗？你有那么出类拔萃的胆略和智慧吗？如果这些你都没有，只拿马克思恋爱的年龄说事儿，你的心智就还不大成熟，你有"攻其一点不及其余"的毛病。在你这个毛病没有改造之前，没法讨论这个微妙的问题。

我们都是普通人，我喜欢心平气和地聊恋爱概率的时间。

记得我小时候买苹果，看到人家货架上一堆苹果，我总是盯着那个最大的看。觉得自己买的苹果，应该个个是这样的。称苹果的时候，是售货员随手拿，不像现在的超市，可以自行挑选。尽管我对售货员赔了笑脸，口中阿姨长阿姨短叫得响亮，但身经百战的售货员根本不为所动，把一堆苹果噼里啪啦捡到秤盘里。我一看都是比较小的，赶紧指着一个大红苹果说，我想要那个。售货员大发慈悲，顺手把那个大红苹果放进了秤盘，算是对我的安慰。

等我把装苹果的袋子，拎到商店门口仔细看（不敢在商店内里看，怕人家售货员不乐意），才发觉口袋中的苹果成色，和我刚才的美好愿景差异比较大。虽说有那个最大的红苹果以壮行色，但整体来说，袋子中的苹果相貌平平，只是货架上那一大堆苹果的均匀缩小版。

我痛苦之后终于想明白了。作为一个普通人，我们不能期望捡到自己袋子里的全都是又大又红的苹果，只能设想自己随机得到整个苹果堆的平均值。

这条来自苹果的体会，让我一生时时回味。从此我敬重概率这个东西。绝大多数问题的出发点，是要从规律着眼。你是个普通人，基本上不要指望惊天地泣鬼神的命运。你不能买了一张彩

孜孜
不倦地爱
与被爱

票，就日日夜夜做收获亿万大奖的美梦。你姿色平平，就不能期望摇身一变成了翩翩起舞的皇后，你只有"灰"没有水晶鞋。你不能智商普通又没有受良好教育，就期颐获得诺贝尔奖。你不能两手空空，以为会有贵人下凡，为你披金戴银……

做人，还是老老实实地想点大概率的东西。这是常识，也是基础。

春寒料峭时
的情感蚂蟥

　　某些对于情感特别敏感的人，很容易陷入控制型人格。尤其是冷漠家庭生长的人，很多是情感依赖者。他们为了讨人喜欢，可能表现出万种风情，对没有恋爱经验的青年，颇具吸引力。一旦和这种性格的人建立了早恋的关系，对方会像吸血鬼一样黏附过来，成为早恋中的感情蚂蟥。

　　以我当心理医生的经验，凡是想结束早恋却无法脱身的年轻人，多半是被情感蚂蟥叮上了。情感蚂蟥的特点，是他们的魅力来自他们的弱点。比如，人看起来特别柔弱，特别清俊，很容易激起人保护和爱惜的欲望。比如很敏感或者是充满了忧郁的气质，显出比同龄人更不可测的深沉。比如与众不同的文艺范儿，常常落落寡欢又多愁善感。甚至家境特别穷困，人又特别桀骜不驯等。这些与众不同的特质，都会在异性年轻的心里引动涟漪，进而牵人坠入情网。如果此人还有一双清澈而深沉的眼眸，骄人的身材，加上容貌出众还有孤傲的性格，那么几乎就具备了必杀技。一旦和这种人走得比较紧密，就陷入了早恋中最难缠的欲罢不能的胶着状态。

　　别以为他们都很可怕。初看起来，这种蚂蟥型的人，经常是

天真顽皮又灵感百出，显得美丽动人极有张力，危险就潜伏在甜蜜中。

比如他或她会不断独出心裁，玩些小的游戏寄予深情，让你沉溺于刺激，或哀怨或决绝或英武或缠绵，总之是让你当断不断欲罢不能。

比如他们爱出风头。能够出其不意地以令人惊叹的表演，让异性陶醉。会不断在各种场合，有意无意地展示自己的才能，让你对他或她的依恋越来越深。

情感蚂蟥们本质是高度自恋并自卑的，他们以征服作为自己价值的体现。他会告诉你，只有你才能看出他的与众不同。他在巧妙地奉承了你以后，把你和他一道归入了不平凡的范畴。先是满足了你的虚荣心，又让你对他的与众不同深信不疑，一箭双雕。这其实是自私的一种的表现，只是年轻人对这种自恋缺乏辨识力。

他或她会尽量把自己好的一面表现出来，把自己不够好的一面收敛起来。这就会在短时间内造成一种错觉，让你似觉得自己寻找到了世界上最好的异性。他们会说一些看起来鼓舞斗志的话，甚至还会故意和你断绝往来，让你在感情的旋涡里越陷越深。他们是以表面上的温良来掩盖其内在的控制欲望。

蚂蟥们很可能会充满了偏执和嫉妒。他们表示不喜欢你和别的同性或是异性接触，甚至对你的家长表示出敌意，对所有不符合他的内心的人，都表示极大的反感。他们还把这种激烈的情绪传染给你，并且将这种情绪命名为"爱"。记住，真正的爱情，是会让人变得宽广和温情的，那些让你越来越狭隘、越来越孤僻的"爱"，只是挂羊头卖狗肉的"控制"。

如果你的早恋对象是这种人，那么我只有一句忠告，就是赶快离开他或她，义无反顾甩掉蚂蟥。人不要被自己青春勃发的荷尔蒙所控制，更不能被这种以爱的名义，实际上却是畸形的控制之鞭所俘获。走！离开他或她，回到自己健康温暖的生活当中。爱情一定会有的，不要以为自己没有人爱，不要以为只有早早地示爱，才证明自己作为独立个体的价值。如果你有足够的信念，你一定会找到自己的幸福，但不是在这春寒料峭的季节。

　　如果你被情感蚂蟥叮上，可要及早脱身。

孜孜
不倦地爱
与被爱

世上
可真有
一见钟情

　　我收到出版社寄来的一封厚厚的特快专递，签了名，撕开信封，才发现淡蓝色的特快专递信封里面，还藏着另外一封特快专递。

　　我先看的是出版社的信函。他们说：毕老师，这是一位读者的来信，写明了是转给您的，我们就没有打开，不知是何内容。我们虽然用的是最快的速度，辗转中恐怕也耽误了时间，请您原谅……

　　我常常收到读者来信，但用双重特快专递发来的信，实不多见。不知这封信里写的是什么？我很好奇。

　　以下是这封信的内容。

尊敬的毕老师：

　　我不知道这封信能不能到达您的手中。我在街上买过您的书，看了以后，觉得自己的故事比您书中所写到的所有故事都要更精彩。我很想给您写一封信，可是我不知道您的地址，就算是知道了，我想，您可能常常收到很多读者来信，也许看也不看就送到字纸篓里了（但愿我这是以小人之心，度君子之腹）。即便您有时会看看信，但我的信混迹其中，您很可能就忽略掉了。我决心采取一个其他的方式让您读到我的信，这样我就写了一封信给您的那本书的责任编辑，很恳切地求她把我的信转给您。我相信当您看到这些文字的时候，我的信已经成功地转送到您手中了。

其实，我想问您的问题很简单，这就是——世界上到底有没有一见钟情这种东西呢？如果有，它是不是最美好的爱情？如果一个人得不到一见钟情，是不是人生就不够完满呢？比如灰姑娘和王子的爱情，肯定是一见钟情的，还有《西厢记》、《牡丹亭》什么的，都是这种类型的，才成了千古绝唱。

好了，不说别人的事和古人、外国人的事了，说我自己的事。

我是一个很美丽的女孩，可惜我不愿让您在大马路上把我认出来，否则的话，我应该把自己的照片寄一张给您，这样您就不会暗自笑话我是自恋或是吹牛了。我的外形真的很不错，几乎称得起是"国色天香"了。其实，我也不懂这个词到底是什么意思，总之男人们常常这样形容我，在这里借用一下就是了。

我的自夸到此为止，言归正传。在十八岁之前，我基本上是一个单纯的女孩，上了大学之后，才渐渐地变得复杂起来。我知道了我的美丽是我的骄傲，上课的时候，连七八十岁的老教授也会多看我几眼，就更不消说那些年轻的讲师和男同学了。

能上大学的女孩很多，美丽的女孩也很多，但能上大学又有美丽的女孩就不是太多了。现在不到处都在讨论资源开发吗？坦率地说，我觉得自己就是一个很好的资源，要善待自己，把自己的资源充分利用起来，我要把自己好好地嫁出去。好比一个抓到了一手好牌的人，我为什么不能大赢特赢呢？

我本来准备大学毕业以后，再慎重处理自己嫁人的问题，没想到猝不及防地就被丘比特的毒箭射中了。您一定要说，爱神之箭怎么能叫毒箭呢？因为它毒汁四溢，让我遍体鳞伤。

那天我到食堂打饭，很长的队，好不容易排到跟前了，不想我的饭卡突然找不到了，大师傅很不耐烦地催我，后面的同学熙熙攘攘一个劲儿地往前挤。正在尴尬万分的时候，一个很有磁性的声音，在我后脑的上方响起：你先拿我的饭卡买饭吧。我回头一看，一个高大英俊的男生正微笑地看着我，他的牙齿像米饭一样雪白。他的整个身体，散发出一种独特的香气，真的，在饭厅数十种菜肴和煎炸烧烤之中，他的气味是那样芬芳清新。我一下子就被击中了，简直就像是被施了魔法，乖乖地拿了他的饭卡。

那天的中午饭，顺理成章是我们在一起吃的。因为我要还他的饭钱，所以我留下了他的住址。他是新来的研究生。我还记得那顿饭我们要的都是鱼香肉丝，那种甜兮兮的青椒气味，我一辈子都不会忘记。

我们飞快地坠入了爱河。他对我说，很想租一间房子和我住在一起，如果一天没有八个小时以上看到我、抚摸到我，他什么课都听不进去。

我的计划被他的计划打破，我对自己说，为了他的早日成才，也为了我的将来，就答应他吧。就这样，我们共筑了一间精致的爱巢，住了进去。

您一定不相信，我看起来是那种很时尚很前卫的女孩，其实骨子里是很保守的。我把自己的贞节一直保持到了我们住进小屋的那一刻。我以为他看到鲜红的血迹会很高兴，不料他皱了一下眉说，真没想到。我很奇怪，说你不高兴吗？他说，不是不高兴，是觉得自己的责任太大了。那一刻，我突然萌生了不好的预感，觉得他是一个害怕负责的男人。

不过这种不祥的念头很快就消失了。我天天沉浸在芬芳的气味当中，非常幸福。我对他说，你知道自己有一种特别的气味吗？他很诚实地说，不知道，你可能是太喜欢我了，才生出幻觉。我当然不能承认幻觉这个说法，好像我的神经不正常了，我就请最好的朋友到我家来闻一闻。好友像猎狗一样地在我们的小巢里走来走去，最后她万分认真地对我说，除了男人的汗臭，并无其他味道。你以为你找到的是一头香獐或是麝香牛吗？你是情人眼里出西施，其实他和其他男人别无二致。

朋友走了，我也一笑了之。别人闻不到他的奇特，这最好了，要是人人都像我似的一见钟情，我的未来还不保险了呢！我们就这样幸福地过了一百〇九天，比《水浒》的一百〇八将还多一天，没想到那天晚上他吃完了我为他包的鸡肉馄饨之后，对我说："对不起，我不爱你了。我明天就会搬出这间房子，不过请你放心，房租我已经交到月底了，你还可以安心住着，不必慌张。"

我大吃一惊，说你怎么可以这样？他很震惊地说，我怎么就不可以这样？既然我们可以一见钟情，我也能和别人一见钟情。我爱上了另外一个女孩。我说你不要脸。他说，你不要出口伤人。我们本来就是同居，合则聚不合则散，你我都是自由人。我说，那你以前的山盟海誓呢？他说，你怎么可以相信那些！什么冬雷阵阵夏雨雪，现在全球大一统，咱们这里是夏天，南半球就是冬天，当然可以夏雨雪了。所以，没有不变的东西，要与时俱进吗！

我真的很想像电影里那样，狠狠地抽他一个大嘴巴，但是极度的衰弱辖制了我，让我完全呆若木鸡，根本就抬不起臂膀，眼睁睁地看着他收拾完了自己的东西，扬长而去。

我想问问您，世界上有一见钟情这种东西吗？它是甘霖还是毒药？我相信一见钟情，可一见钟情的结果居然这样残酷。我以后还有能力爱一个人吗？它将是怎样的方式呢？

萧箐

孜孜
不倦地爱
与被爱

毕老师说:

很多人以为自己的故事很独特,其实很多常常是每天都在全世界各地重复上演的MTV。我这样说的意思一点儿都不是小瞧了萧箐的痛苦。我们的痛苦并不是因为独特才引人注目,而是因为它来自我们最深层的情感——无论起因多么平凡,都有可能引爆精神地层的断裂。

一见钟情,实在是一个古老的话题。如果把恋爱做一个最简单的分类,那就是一见钟情或是日久生情。

少女少男们期望一见钟情,那样更烂漫更突如其来更匪夷所思。文学艺术家们也比较喜欢一见钟情,那样人物集中故事紧凑,冲突剧烈矛盾尖锐。比如一对男女谈了十年的恋爱才定下终身,这十年当中,男人没有出过一次差,女人没有生过一次病,双方的父母也都认为是天造地设,一齐投赞成票。你说这个爱情美满不美满呢?大家一定觉得很美满,可这个故事就没法写了,写了也没人看。因为艺术的规律是"文似看山不喜平",你得一波三折而不能一马平川。

青年人获取婚恋经验,一部分来自父母和周围的长辈,这本是一条很好的途径,可惜我们的传统中,要么是正襟危坐,把这些知识列为不登大雅之堂的隐秘,要么把民间的地下的情色的渲染成了代用品,却少中肯的情爱指导。于是青少年们关于爱情的学习,特别是女孩子,很多来自神话传说和言情故事。文学并不是生活的百科全书,很多时候,它是写作者的一厢情愿。所以,关于一见钟情的描写充斥在爱情小说中,常常会使人误以为那是爱情的常态,甚至是唯一的状态。而实际上,一见钟情不过是爱情千姿百态中的

一种。

　　爱情开始的时候，我们的体内发生了怎样的化学变化，这是科学家们至今尚未得出答案的悬疑。爱情可以从任何时间的任何地方开始，也可以在任何地方的任何时间结束。你很难说哪一种方式最好，就像我们至今无法认定哪一种花草是地球上最美的生物。放眼人海，你更是可以看到以不同开端的爱情和婚姻，都有成功的金婚银婚和失败的塑料婚一次性筷子婚。比如父母之命媒妁之言的包办婚姻，那结局有跳井上吊的，也有白头偕老的。比如花前月下青梅竹马的情投意合，结局有红杏出墙也有风雨与共。

　　现在我们回到困扰主人公的关键问题上来——你相信世界上有没有一见钟情这种爱情方式呢？

　　我是又相信又不相信。为什么这样说呢？你要说没有吧，我曾亲耳听到若干青年男女描述他或她一见钟情时的感受。在某一特定的时刻，看到某一特定的异性怦然心动，异样感受像飓风一样袭来。心跳加速，口舌发紧，周围的空气不再被吸入肺里，而是变成了一种滚烫的喷香米酒，流溢在唇齿之间，让人心旌摇动，进入微醺的状态，眼睛好像吃多了深海鱼油一样闪闪发亮，嘴唇变得鲜红欲滴……

　　这种状态是确实存在的，有些人就此沉入爱的海洋不可自拔。其中有些人一生美满，有些人在结婚后再也找不到神奇的触电的感觉了，绚烂归于平淡之后，开始了冷战，甚至导致了家庭暴力，最后不得不黯然分手。

　　对于这个复杂的转折，心理学家给出了自己的解释。其实，世界上完全丧失前兆的一见钟情是没有的。人们对于自己伴侣的设计，有着奥妙的先入为主的轨迹。它不但存在于我们的理智当中，也潜伏在不曾察觉的潜意识当中。也许你从来没有在纸上列出过你对这个问题的标准答案，但这并不证明你是彻头彻尾的一张白纸，并不等于你对与什么样的人共度一生，完全没有过自己独特的思考和认真的设计。也许从父母的言谈身教中，也许从邻里的街谈巷议中，也许从社会的规范评说中，也许从文学作品的潜移默化中……总之，纯粹的爱情白纸是没有的，在看似空无一物的卷宗中，有铅笔用虚线打下的草稿。在某个特定的时辰，某一个特定的形象恰好嵌入了这个无形的标准之中，一见钟情就以迅雷不及掩耳之势把它变成了工笔重彩描绘的现实。所谓的一见钟情，不过是按图索骥。

　　还想谈谈嗅觉的意义。我是医生出身，对人的生理如何微妙地影响了人的心理很有感触。萧箐的故事里，嗅觉起了非常重要的作用，她是被气味所吸引，然后坠入了爱河。据科学家研究，主管嗅觉的脑细胞是十分古老的，动物们就是凭着独特的气味来分辨是否同类还是敌人，当然，也包括了择偶。在我们每个人的双眼之间、头骨内部与脑底结构中，生长着大约五百万个以上的嗅觉细胞。这些细胞和脑部正中央的下丘脑相紧密联系，而下丘脑控制着人的恐惧和悲欢等种种情感，当然了，它也支配着情欲。因此，味道有时在不知不觉中会强烈地扰动着我们对于爱情的判断。

　　爱情当然不仅仅是生理层面的变化，但当一见钟情这种非常类似化学反应的情况发生的时候，我们对此要有着更理智一些的了解和把握，这样会对我们的幸福更有帮助。

孜孜
不倦地爱
与被爱

天真的
邪恶

成长期的"爱情病人"

如今的年轻人，他们的爱情观同以往相比有了很大的变化。"不敢去爱"、"不会去爱"成了一种普遍的心态。有人问："爱情还值得相信吗？"也有人很现实地说："爱情，就是嫁个殷实人家，吃穿不愁。"更有人说："我年轻貌美就是稀缺资源，当然要在物价最高的时候把自己卖个好价钱。古诗也有说'花开堪折直须折，莫待无花空折枝'。老一辈人那种所谓的'纯洁爱情'，不过是傻。"

有人把这种人，称为"爱情病人"。

我对这个称呼来一点儿小小的修正。现在社会上有很多对爱情退缩逃避的例子，但我不想把他们称呼为"病人"。的确，有人说过，恋爱中的人智商会倒退一万年。这虽是一句玩笑话，也说明恋爱是一个激情泛滥、理智相对匮乏的特殊阶段，有着非同寻常的心理过程。说上面那种话的年轻人不是病人，而是遭遇了一次严重的心理困惑。"病人"这顶帽子，会给人以压力。给谁贴上一个"病人"的标签，谁都不愿意，没有人以病为美。一个好端端的人，觉得自己不正常，成了异类，无形中就有了压力。如果一定要这样说，那允许我用上引号，以表示这不是真正的疾患，只是一种成长的困境。

爱情，说到底是一种人与人之间的亲密关系。一个人有没有发动爱情和分享爱情的能力，能不能对爱情负责到底，这是一个人的人格和整体心理健康水平的体现。"爱情病人"，在对待爱情上面，先是无能，继而是归类失误，最后是全盘否定。总体上来说，他们的人际关系也处在一种亚健康的状态，甚至是病态的。无论是对他人的理解，还是正常的人际沟通，他们都存在一些问题。

真爱其实很古典

爱情中很古典的一些品质，比如"刻骨相思"、"忠贞"、"信赖"、"白首偕老"等等，现在已经被稀释甚至摒弃。这真是一个极大的悲哀。经爱情而缔结婚约，是人类的一大发明，自然界没有任何一种动物有这样的明文规定。不要以为人类的科研成果只有万有引力定律和相对论等，还有这种为了保持和谐安定和幸福最大化的文明创造。

要知道，信赖是安全感的最主要来源之一，也是安全感的延伸。在一个丧失了信赖的家庭中生活，人是不会感受到幸福的。而由爱情组成的家庭，无疑是获取和维持幸福感最宝贵的地点。忠贞这个观点，可能要随着时代的进步做一点点修正，因为贞洁有点从一而终的味道，特别是那个"洁"字，好像感情和婚姻有洁癖。比较而言，我更喜欢"忠诚"这个词。爱情和婚姻是心对心的相互承诺和对接，它需要相互之间严肃的尊重，贯穿其中的则是强烈的责

任感与牵手一生的坚定。说到刻骨相思，我觉得可能随着时代的发展，现代的人比古代的人要幸运很多了。古代靠的是鸿雁传书，常常生离死别、音讯皆无，让恋人们望断天涯、肝肠寸断。而现在有了无数的新技术，火车、飞机、电话、视频、手机短信、无线上网等等，都让相爱的人们有了更多相见交流的机会，可以一解相思之苦。从这个角度上说，时代改变了恋爱的硬件环境，只是爱情的软件恐怕很难改变，那就是彼此的尊重与相守。如果说"爱情被普遍质疑"了，这就是时代的悲剧。我不喜欢把所有的事情，都归结为外因。不管别人怎样质疑这个领域，我一如既往地相信——人间真情依然稳健地埋藏着，一如亿万年前的钻石，一旦形成，自然界就没有力量将它毁灭。

爱就接纳他的全部

有些人悲惨地丧失了谈恋爱的能力，这的确是要认真改进的部分。与人相处的本领，特别是与陌生人相处的本领，不是天生就会的，这需要学习。男女相恋，不是一个简单的人际沟通或交流问题，而是真情倾注，需要付出艰苦的努力。首先，你要学会尊重别人。既不仰视，也不俯视。不要自卑，也不要自傲。把对方看作和自己一样有血有肉的人。恋爱中的人，会觉那女子是女神，而男子是英雄。其实，对方是普通人的概率比较大，有优点也有缺点。只有在平等的框架中了解包容，才可能建立起真实而富于建设性的关系。市面上有很多教授技巧的书籍，坊间也流传着很多秘籍。那些都可以作为参考，但千万不要依葫芦画瓢地照搬。爱情是人间最真实最长远的关系之一，任何伪饰和装扮，都会在时间的冲刷下形销骨立，原形毕露。很多婚姻的破裂，最常见的理由是，对方婚后仿佛变了一个人。

婚前一个样，婚后一个样。这就是虚伪。过去离婚难，这种骗术还有一点用。生米煮成熟饭，对方想反悔也不容易，就将就着过下去了。现在社会进步了，宽容度也更高了，离婚变得更简单更容易了，留给婚前伪饰者的空间就被高度压缩了。你骗得了一时，骗不了一世。为自己，也为别人，还是实事求是的好。你是什么人，就真实地表达自我，真找到了喜欢你这一款的，就两情相悦、天长地久。如果不合适，就不要强求。更不要化装成另外的模样，以达到一时之目的。

在农耕社会时代，一个普通人一辈子大约只接触几百个人，行走的区域不过方圆几十公里。人与人之间的关系，讲究的是"路遥知马力，日久见人心"，遵循的是循序渐进、按部就班的缓慢逻辑。而一个现代青年，从结识人数来看，已经是几十倍几百倍地扩大了。他活动的范围也大大地超越了我们的祖先。没有了父母之命、媒妁之言，自由也成了一把双刃剑。很多人平时高呼着要自由，但在这门严峻的功课面前，反倒一筹莫展，只得用逃避来掩饰自己的怯懦。爱情是美好的，但不是从天上掉下来的，要善于发现并坚持不懈地争取和建造。

从前认为女子要找的伴侣，一定要年纪比自己长、收入比自己多、学历比自己硬，个子也要比自己高……现在这样的条条框框已经被很多人放弃了。

至于爱情观，有兴趣的人可以梳理一下——自己的爱情观究竟

孜孜
不倦地爱
与被爱

是什么样子的呢？我觉得它从属于一个人的世界观，是一个人整体素质和志向的一部分，不能脱离开全局来谈局部。有人以为爱情是个独立王国，可以和一个人的出身背景、学术环境、人身素养、道德修炼、艺术禀赋、天性习惯等割裂开来。爱情作为一种激情运作，是可以骤然产生的。有生理学家研究，所谓的一见钟情，其实就是基因的高度契合。但是对于人这种高级生物来说，单单是遗传基因的契合，并不能造就完美的爱情和婚姻。人不能被纯粹的生理结构牵着鼻子走，爱上一个人，同时也就意味着要接纳他的全部。很多人会一叶障目不见泰山，只看到自己愿意看的一面，放弃考察对方整体的心理状况，就事论事，就爱论爱。爱情是人生列车上的轮子，但并不是火车头。一个人不可能只是为了爱情而活着，那样就迷失了人生的深邃意义。到头来，爱情也变成虚空。

爱情不是命运的马仔

有人说，越来越多的女孩将爱情作为改变自己命运的工具。我要稍稍修正一下。越来越多的女孩把婚姻作为改变的工具。爱情和婚姻并不完全画等号。要想凭借着另外一个人一种力量来改变自己的处境，就必须把自己和那个人紧紧地绑在一起，就只有求助于有法律保护的婚姻。也许最后她们正是为了要改变命运，反倒要背弃纯真的爱情，走向无爱的婚姻。

如果爱情和命运两者的走向是一致的，那真是可喜可贺的事情。对于这种选择，估计所有的人都会赞成。我们质疑的是另外一种情况：为了命运的改观，把爱情变成了筹码，让命运凌驾于爱情之上，爱情不过是命运的马仔。的确，女子借婚姻来改变自己的命运古而有之，并不罕见。比如远嫁的王嫱，又比如女皇武则天。古代有，现在有，我相信以后也还会有。对此，人各有志，不得勉强。爱情和婚姻是充满了独立色彩的单选题，每个人的卷子都不一样，也没有标准答案。我只是想提醒企图借婚姻改变命运的女子一句话——把自己的命运维系在另外一个人身上，无论有多少海誓山盟，无论你今天如何运筹帷幄，都是有极高风险的。记住啊，对别人抱有不切实际的期望和幻想，是一种天真的邪恶。一个人的命运应该始终掌握在自己手中，无论旷野地远，无论电闪雷鸣。

女人是老虎

既然你不能变成蝴蝶，既然你没有生在战火纷飞的年代，既然你不是精彩辉煌的伟人，那么就请你和我一道，看看学者们在当今青少年早恋问题上所做的调查报告。

首先澄清早恋的概念。早恋就是过早的恋爱。暗恋不算。单是心里想想，基本上不统计在内。早恋是要有事实做依据的。那么，第一条，是要有过告白的行为。基本上包括写情书、直接表达等方式，付诸过行动。严格来说，是男女双方都向对方告白，才能称之为恋爱。

写到这里，想到一首歌。

小和尚下山去化斋

老和尚有交代

山下的女人是老虎

遇见了千万要躲开

走过了一村又一寨

小和尚暗思揣

为什么老虎不吃人

模样还挺可爱？

老和尚悄悄告徒弟

这样的老虎最呀最厉害

小和尚吓得赶紧跑

师傅呀！呀呀呀呀 坏坏坏

老虎已闯进我的心里来……心里来

　　这首歌的名字叫作"女人是老虎"，歌词脱胎于清朝诗人散文家袁枚的《子不语》。

　　故事有种寓言的味道。说的是：在五台山上住着的禅师，收了一个小沙弥。小沙弥来的时候，只有三岁，混沌未开。师徒两人在五台山顶修行，从来没有下过山。十几年过去了，有一天，禅师和弟子一同下山。这小沙弥看见牛马鸡犬，都不认识。禅师就不厌其烦地一一告知。看到牛，就说："这是牛，可以耕田。"看到马，就说："这是马，可以骑。"又指着鸡和狗说："这个鸡啊，早上打鸣，可以报晓。这个狗呢，晚上可以守门看家。"小沙弥听了，不停点头，学到不少东西。过了一会儿，看到一个年轻姑娘走过来，小沙弥吃了一惊，马上问道："这是个什么东西啊？"禅师怕小沙弥动心，就板着脸告诉他说："这个东西啊，名叫老虎。人可不能靠近她，如果靠近了，就会被她咬死，一口吃掉，尸骨无存。"小沙弥连连点头，谨记在心。等到晚上回到五台山上，师父问他："你今天在山下见到了很多东西，现在想什么呢？"

孜孜
不倦地爱
与被爱

小沙弥回答："师父啊，别的东西都不想，只是一门心思想那吃人的老虎，总觉舍不得。"

哇！小沙弥从此不得清净，中了天下第一猛招了！

这个故事说明，即使在不食人间烟火的佛门净地，一个情窦初开的青少年，也可能在没有任何人教诲的情况下，自然而然地对异性发生兴趣与好感。

早恋是有物质基础的，这就是青少年时期的性发育，这就是性荷尔蒙的强大功效。人体的第二性征，到了青少年时期，就会萌动。这是一个不以人的意识为转移的客观规律。把这一点说透，我觉得大有好处。

推开早恋那扇窗

先揭开初恋的神秘感，不必把初恋说的那么美不胜收、天降甘霖、神妙无比。懵懵懂懂的少年，突然在某一天，感觉到了异样的骚动。突然发现原来根本不放在眼里的小丫头小男孩，摇身一变，成了磁石，牢牢吸引了自己的目光。首先是机体上的陌生的美感怦然击中了自己。小男孩看到了女生飘然的长发，桃花般的双颊，婀娜的腰身，如水的黑眸。他们怦然心动，萌发了本能的冲动，想要在这样的女生面前表现自己，想要吸引女生的目光，想着和她厮守相亲肌肤接触……在女孩的那一边呢，她们也发现了原来不起眼的小男孩，拔高了身躯，长出了胡须。有了隆起的肌肉，声音也隐隐出现了男子汉的韵味……一句话，他们变得更强更快更好了。女孩子不由自主把自己的美丽娇柔展现在自己心仪的男生面前，甚至觉得自己能够吸引更多的男孩瞩目，是一种骄傲和尊严……也许还能有更多令人欲罢不能的表情和动作，但万变不离其宗，就像上面所引的那首歌中唱到的——"老虎已闯进我的心里来"。

这个感觉是如此生疏又让人愉悦，有些人为此茶不饮饭不思，进入飘飘欲仙的境界。少男少女们被这种前所未有的欢愉与惦念粉碎，这是他们的父母和师长无论怎样的关切和爱护也无法给予他们的新鲜体验。

只要你是一个营养正常发育正常的少年，你就天然会体验到这种情感。这不是你与众不同的专利，而只是一种生命的必然。当然了，如果你是极度营养不良，比如像非洲饥民，肋骨如搓板一样清晰隆起，体内没有足够的脂肪来提供制造激素的原料，估计发动的时期就会后延。如果你有严重的疾病，也另当别论。还有就是如果你受到过某种恶性刺激，或是把性当作耻辱和禁忌，在森严的封建思想控制下，这种青春的涌动还没有卷起波涛，就被扼杀在摇篮中，有可能正当青春年少，也心如古井。

一定的年龄段，对异性产生兴趣，这是生命生殖的铁律。在荷尔蒙这台发动机的驱使下，人的生理活动进入了一个崭新的时期。从此脱去了幼年时代男女混沌不分的木然，发起了与异性合二为一的思慕。

激素这个东西，是魔法棒。青春期到来，人爱慕异性的表现，花样百出，是个既充满欢喜又充满苦闷彷徨的过程。少男少女们开始敏感地看待男女同学间的交往，注视着异性同学的一举一动。逐渐由对一群异性的好感，转向对个别异性的眷恋，形成一对一的交往。这时候，早恋的雏形就形成了。陷入早恋者常常茶不思饭不

想，对方一颦一笑都像数码相机，在心底留下鲜艳清晰的印记，情绪翻江倒海。知道早恋会受到父母、同学、老师的压力，瞒天过海遮掩欺骗，说谎和精神恍惚很常见。很多人言不由衷难以自拔，严重的引致心理失衡。当不能与恋人朝夕相处时，早恋者坐卧不安一日不见如隔三秋，沉浸在白日梦和痴迷中。浸淫更深时，会情绪失控。如果彼此发生了性关系，会引发一系列更深重的后果。有的人，性情大变，过度敏感和意气用事。由于父母反对，加上早恋又是一件耗费金钱的事情，要送礼物，要一起游玩消费，等等，财政紧张之时，甚至有人会铤而走险，诱发偷和抢的念头。荷尔蒙极度旺盛分泌时，很可能情绪失控，触发激情犯罪。

我猜有人看到这里，会说你怎么光讲早恋的坏话，凡事有一弊就有一利，早恋难道就没有好处吗？

早恋在有些人那里，也有好处。

第一，你真的有可能青梅竹马，先下手为强，找到你一生矢志不渝的恋人。这种概率是一定有的，只要你不影响了今后双方的发展就好。

那么这个概率是多少呢？以高中时代的早恋为标本，最后终成眷属的比例是百分之三。虽然成功率不高，但终是有人修成正果。

第二，因为愿意在异性面前展示自己更好的一面，陷入早恋的少男少女把这当成激励自己的动力，那么，他们会更加活跃和努力，不仅在学习成绩上你追我赶，而且会在社会活动上异彩纷呈，以更好的形象，来赢得对方的悦纳与偏爱。有的人因为对某人生发爱慕之心，就会不由自主地以其为标杆，改正自己的不良习惯，变得更温文尔雅好学上进，一专多能博览群书……内向的人变得开朗，外向的人变得更成熟稳重，锻炼口才，提高社交能力，增进人际关系。

早恋还有一个显而易见的好处，它证明性取向符合主流价值观。正如德国伟大诗人歌德说过："英俊少年哪个不钟情？妙龄少女哪个不怀春？"

国外的科学家做过有趣研究，发现心理距离和物理距离是成正比的。这个结论的通俗化解释，就是——人更容易对身边的人产生好感，进一步就发展为恋情。对情侣们相识场所调查，排名靠前的几个场所分别为"职场或与工作相关的场所"、"学校"、"打工地"等。在这份研究中，人们的初恋对象最多的是学校同级学生，占百分之六十九点六，其中有百分之五十二点二的初恋者就是同班同学。

这种容易对身边的人产生好感的现象，在心理学上被称为"接近因素"。不信你留心观察一下，距离比较近的人，关系比较好。

早恋区的特殊地貌

进入早恋，就像进入了奇花异草又潜藏危险的热带雨林区，会有特殊的地形地貌，会有特有的发现和表现。

陷入早恋的人，有什么表现？

第一条：家中镜子的使用率，突然增高。人特别爱打扮，就像求偶展翅的雄孔雀一样，时刻注意修饰自己，对着镜子左顾右盼。

第二条：由于分心，学习成绩多半会突然下降，上课注意力不集中，"王顾左右而言他"，心不在焉。

第三条：原来和父母无话不谈的孩子，猛然间就有了心事，变得生分了。相互间有了隔阂，活泼好动的少年变得落落寡欢，不愿搭理父母了。

第四条：不愿意待在家里，总是找借口外出。以种种说辞离家，在家坐不住，甚至流连于灯红酒绿的场所。

第五条：喜欢一个人躲在房间里想心事，心不在焉。有时还会嫣然一笑或是愁眉不展潸然落泪，以常情难以解释。

第六条：喜怒无常，多愁善感。常常因为所恋的另一方与自己的关系而导致情绪剧烈起伏。兴奋忧郁常常交替出现，烦躁不安，多梦，做事无耐心，对家人不友善。

第七条：突然对描写爱情的文艺作品、电影、电视感兴趣。有的还沉迷于黄色录像。

第八条：对涉及异性的生理心理知识大感兴趣，偷偷摸摸翻看或是喜欢听人议论此类事情。

第九条：爱写信、频繁地发短信。电话增多。或者是长篇累牍地写日记，格外重视保密。一旦被人发现，就恼羞成怒大发雷霆。

第十条：一切反常行为，又找不到具体的原因，建议可以向这个方向考虑一下。当然啦，也不要草木皆兵。

为什么会出现这种情况呢？除了上面所说的生理原因之外，还有一些外部原因。这就是青春期如何进行健康的异性交往，如何正确区分友情与爱情，与异性交往的行为规范……很多青少年缺乏这方面的知识。有些人以为能够像成年人一样有男欢女爱的想法和行为，是证明自己长大成人的显著标志。他们把日渐萌发的独立意识和自我形象的界定，附着于另外一个性别的人对自己的青睐和界定。

另外，早恋也和家庭因素密切相关。不信，你看看报纸上电视里《社会与法》栏目的小案例，很多事件的少年肇事者，都和父母离异，孩子缺乏家庭的温暖，从小就种下了冷漠自私的种子有关。

看到这里，也许有人会说，既然是冷漠自私，这些孩子还早早恋爱啊？

看起来是一个悖论，戳穿了也很简单。冷漠家庭成长的孩子，因为缺乏关爱，所以就对爱的渴求格外强烈。如同一个饥饿的人，会对食物充满了索取的欲望。倒是一个在充满了关爱氛围家庭中长大的孩子，对异性之爱这件事，比较保有平常心。

关于早恋，我的个人意见是——这事儿，不必大惊小怪。大多数的早恋，都是过眼烟云。早恋发生的时候，从容面对就是。当事人不必寻死觅活，以为这就是永远不可再遇的幸运。当事人的父母和老师也不必捶胸顿足惶惶不可终日。没什么了不起的，它基本上是一种正常现象，是孩子发育渐趋成熟的外在表现。你甚至可以欣慰地想到，你的孩子长大了，他或她已经彻底地脱离了童年阶段，向朝气蓬勃的青年阶段迈进了。当然了，也不可掉以轻心，毕竟这是一个极为敏感的年纪，这是一个兴风作浪的问题。父母师长首先要镇定，不要像那位五台山上的老禅师，把异性妖魔化。然后是因势利导，就像小孩子要出水痘和麻疹一样，发烧不是坏事，经过这样一场感染，身体就产生了抵抗力，免疫系统得到了锻炼和提高。当然了，如果不得这些疾病，就天然的有了抵抗力，那是最好。只可惜世界上没有免费的午餐，不经一事就难长一智。我不是说把初

恋当成一场实验，只是说这是人类进化的本性，要认真面对带给我们的挑战，就会安然度过。那初恋就变成了一场春天的风雨，带给大地甘霖，又不会泛滥成灾。

也许，还成就最美的风景。

第五辑

可有婚姻
樟脑丸

让我们婚姻腐败变质的种子，

无处不在。

防不胜防，堵不胜堵。

你不必奇怪蛀虫从哪里而来，

所有的土地中，都有鱼的种子，

所以，也都有蛀虫的种子。

危险的
花烛

洞房花烛夜，金榜题名时。一句古话。一句从男人的嘴里说出的话。为什么这么讲？

我问过若干的女人，年轻的和年老的。问她们濒临结婚时的感受，有人说祈盼，有人说恐惧。更多的人说——焦虑。就是没有人把它比作高考成功，晋官加爵。

我常常不明白，结婚是常人常事，金榜题名却是凤毛麟角。要知道，即使在希望小学深入穷乡僻壤的今天，大学也绝非人人有得上，结婚却是基本普及。两者的概率相差很大，怎能不分青红皂白就烩成一锅？

婚礼是性交的广告，这是鲁迅说的。他老人家刻薄尖利，但一语中的。对于婚礼的豪华铺排，兴师动众，单独看去，有些莫名其妙。但从巨资投入广告以推广正宗产品这个角度想，很多的不明白就水落石出了。

在我们的古老文化中，婚礼是一件纯粹正面的事情。比如对罹患重症的病人，可以用结婚这件事来冲喜，好像它是一棵千年的深山老参，喝下去能够回阳救逆。最耳熟能详的典型，要数《红楼梦》

中的贾宝玉。但好像非但他没能霍然痊愈，古籍中的其他案例也是胜少败多。

在西方近代的心理学和社会学的研究中，远没有我们这样乐观。他们把结婚看成一把双刃剑，既有积极正面的一面，也不乏消极负面的一面。有一种表格，专门统计人们对日常生活中发生的种种变化能否良好地适应。那表可谓包罗万象，把世人可能遭遇的变故都囊括了进去，从双亲逝去到圣诞节旅游，从搬家坐牢到离婚退休……然后给一个量化的分值（洋人有点刻板机械，是不是？但也有好处，就是利于比较。本着他山之石可以攻玉的谦虚精神，我们姑且就参考它）。

通过对五千多人的调查研究表明，当变化的指数大于一百五十的时候，绝大多数人就会感到严重的不适，导致抑郁或是心脏病发作。

那么在这份表格当中，各种具体事件的分值是怎样的呢？按影响严重程度排列起来，位于前列的三项是：

金牌：配偶的死亡。分值一百。

银牌：离婚。分值七十三。

铜牌：夫妻分居。分值六十五。

……

至于印象中对健康影响甚大的金钱，威力倒远比我们想象的要轻弱些。比如抵押和借贷一万美元，分值只有十七，仅相当于过一半的圣诞节。

是的，过节也会带给人焦虑。圣诞节的分值是十二。细细想，也有道理。人逢佳节倍思亲，缠绵的眷恋和离愁，相信每一个游子都没齿不忘。就算合家欢乐，假日经济一蓬勃，熙熙攘攘的出行，那份辛苦与消耗，也未必能被游山玩水的快乐冲抵。

说了这许多，一定想知道结婚的分值。

告诉你，这个答案是——五十。

相当于死亡的一半。相当于离婚的三分之二。相当于分居的百分之七十七。

我猜很多人看到这个分值的反应，和我一样，先是惊讶然后是嗤之以鼻，最后竟有隐隐的谴责了。危言耸听吧？能有那么严重吗？不至于！燃烧的红烛，高悬的灯笼，大红的喜字，纷飞的糖果……难道竟是温柔陷阱，给我们的身心构成巨大的压榨？

多年前因为不以为然，反倒特别清楚地记下了这组数据，并且在之后的若干岁月里，总惦记着击溃这个论点。于是，我遇到"围结婚期"前后的男女（借鉴"围产期"这一术语，我自拟出了"围结婚期"。时间范围以婚礼为轴心，前后各约数月），总要问询他们的感受。

结果，我大大地诧异了。现代人，无论男性还是女性，普遍对婚姻有着难以言说的惆怅。两个出身、身份、学历、性格、爱好、职业……差异多多的人，由于婚礼，走到一方屋檐下。无论恋爱时怎样深入了解，结婚依然为这种关系带来了质的变化，于是它就蕴涵了深刻的未知。未知带来了不安定感，由于不安定，便滋生出浓厚的焦虑和恐惧。在这个前所未有的重大决定面前，越是认真负责和去思考的人，越是感到某种深层的紧张和不安。是啊，两株不同的植物，从各自的土壤中连根拔起，摩肩接踵地栽到一个狭小的盆里，从此以后，连一滴露水都要彼此劈开饮下。这一份亲密接触，

孜孜
不倦地爱
与被爱

在温柔中潜藏着强烈的摩擦和张力。

　　于是，现代的婚姻就成了阵地。在喜烛红色的火焰中，弥散着芬芳而危险的硝烟。

爱情
没有快译通

我和朋友做过一个游戏，很有趣。

你说你也想做。好啊，我希望大家都有机会参与，别看我们都已是成人，其实每个人心底都埋着一颗喜爱玩耍的种子。我先来讲一讲规则。所有的游戏都是有规则的，要想玩得好，就得守纪律，要不就乱了套了。

那规则就是——找一张白纸，写上你的一个常常出现的情绪，比如说——愤怒、怀念、孤独、忧郁等。哦，看到这里，你可能要说，都是让人懊丧的情绪啊！正面的可不可以写呢？当然可以啦，比方高兴、喜悦、慈爱、关切等，都行。

好了，现在你已写好了自己的想法。把那张藏着你的秘密的纸条对折，然后让它安安稳稳地平躺在桌上，一副大智若愚的模样，暂时谁也不让看。

此刻它就像一个沉睡的蚕宝宝，一动不动地眠着，只有到了揭开谜底的时分，才带着长长的思绪，飞出美丽的白蛾。

然后你找一个人，最好是对你比较了解，你把他或她当作知心朋友的人。你对他或她说，此刻，我正被一种情绪缠绕着，满心念

的都是它。现在，你猜猜看，那是一种什么思绪？

他或她肯定会说，我又不是你肚子里的虫，我怎么会知道？

你说，别急啊，我会给你线索。这就是我的表情。平日当我被这种情绪笼罩的时候，我就做出这副模样，你猜猜看。

说完以上的话以后，你就坐到他对面（为了叙述方便，我就不论男女，都用"他"字了）。最好找一个光线明媚的地方，你的一颦一笑，都让他尽收眼底。好啦，现在你心里默念着刚才写在纸上的字，脸上做出你沉浸在这种思绪中时对应的表情，也可以辅助身体的语言。比如你平日愁苦的时候，蛾眉紧锁，杏眼低垂，再加上挂着腮帮子，耷拉着头……总之，不要刻意表演，越自然，越像生活中真实的你，越好。

你保持如此的表情和姿势一分钟后，就可以恢复常态了。然后让你的朋友说出，刚才你在想什么。

他或许会沉默，会思索，会疑惑……注意啊，你一定要有足够的耐心，并且有克制力，不可提示，不可启发，不可诱导。否则咱们就前功尽弃啦。

依我和朋友玩过多次的经验，此时绝大多数的人会沉思良久，好像他们面对的不是一个朝夕相处的大活人，而是恐龙什么的，然后久久地不吭声。最后在大家都等得不耐烦的时候，才迟迟疑疑地吐出一个词，比如——"苦闷……孤单……"然后忙不迭地打开桌上的纸条。一看之下，半晌不语，那答案和猜测往往风马牛不相及。

比如一个美丽的女孩子，做出眺望远方的模样。她的男友猜测——你是在想家！想父母！她呸了一声说，糊涂虫，我是在想你！男友说，我不就在你身边吗？当你出现这种神态的时候，我总是吓得屏气息声，不敢打破沉默。我不知道自己哪点没有做好，惹得你不满意，你才如此凄楚地思念他人……女孩子说，你怎么会这么笨呢？你既然爱我，就该懂得我的心。男孩子说，爱，只能解决一部分问题，并不能解决所有的问题。该说的你还得说出来，沉默不是金，是土是空气。女孩子说，我像革命先烈一样，我就是不说，我非要你猜。猜得出来我就嫁你，猜不出来，我就离开你……男孩子就愁眉苦脸地说，如果今后的几十年，天天都在灯谜和哑语中生活，累不累啊？！

　　另一个男子汉眼睛特别大。他做出第一个表情的时候，看着那铜铃一般圆睁的双眸，大家异口同声地说，噢，你在愤怒！

　　他一脸失望地说，才不是呢。好了，这个不算，我再做一次。他做出的第二个表情，又是如法炮制，瞪起双眼。大家稍微犹豫了一下，还是口径一致地说，你在发火！

　　他不甘心，又来了第三次。这一次的结果就更令人惆怅了。大家没精打采地说，你换个新内容让我们也好抖擞精神，干吗又做出打架的样子？！

　　男子汉后来沮丧地告知我们：他的纸条上，第一次写下的是"幸福"，第二次写下的是"喜爱"，第三次写下的是"慈祥"！

　　你肯定要说，差得这般十万八千里，我才不信呢！你一定是没选好对象，或者是围观的人太弱智，才如此指鹿为马。

　　我一点也不生气你的这种指责，我很希望你能亲自试一试。找自己最亲爱的人，最好。假如能百发百中地猜对，那真是人间少有的幸福伴侣。

　　我耐心地等待着你的试验……怎么样？做完了吧？你不仅仅做

孜孜
不倦地爱
与被爱

了一次，而是做了许多次。桌上的纸条叠起又打开，打开又写下，好像一只只归巢后又驱赶而出的信鸽。你很希望能打破我的预言。但你做完后，为什么长久地沉默不语？还透出淡淡的忧伤？你的手指把纸条扯成一缕缕，任它飘荡，好似破碎的思绪。

是的，真正的现实就是这般冷静而无商榷。最厚重的隔膜，就在咫尺之遥。在你以为肌肤相亲的帷幄当中，横亘着无法穿越的海峡。

科学技术是越来越发达了，但迄今没有一种仪器，可以测量出人类的情感进行状态，可以预计出人的情绪指数。当我们能够探知遥远星球的一次轻微地震的时候，我们不知道自己的同床伴侣，是否辗转反侧。爱情没有快译通，心灵的交流如此细腻朦胧。当我们以为自己洞察他人心扉的时候，其实往往隔靴搔痒南辕北辙。

不要怨天尤人，不要动不动就上纲到爱与不爱。爱不是万能钥匙，爱不能在每一个瞬间都摧枯拉朽。爱无法破译人间所有的符码，爱纵是金属，也会有局限和疲劳。增进了解可以加固爱，误会错怪可以动摇爱，这是我们每个人都曾有过的体验。

隔膜往往是双层的。当我们无法正确地表达的时候，我们首先就失却了被人悟知的前提。所以训练我们明快简捷准确平和的表达能力，是人生的重要课题。不要以为说出自己的心思是一件很简单的事情，在很多的时候，我们先是不敢说，再之是不肯说，然后是不屑说，最后就成了不会说。尤其是当我们软弱的时候，我们没有勇气说。当我们悲哀的时候，我们被文化的传统训导为不可说，说了就显懦弱，说了就是渺小。当我们痛苦的时候，我们以为不当说，说了就遭人耻笑。当我们孤独的时候，我们想不起说。

其实，一个人的坚强与否，在于他如何战胜自己的苦难。说的本身，也是一种描述和正视，当我们能够直视那些令人痛楚的症结的时候，力量也就随之产生了。

既不夸大也不缩小，既不言过其实，也不矫饰虚掩，直面惨淡的人生，正视淋漓的鲜血，该是人生勇敢和智慧的大境界。

其次我们要会听。有人说，听谁还不会啊，是个人都带着自己的耳朵，想不听还办不到呢！

了解和交流，在于两颗心的同一律动，在于你深深地明了对方向你描述的那一切。从这个意义上说来，"会听"，也许是人生另一番需要修炼的深远功夫。坦诚说出自己的感受，即便艰难，好歹还有自我的内心世界可以参照，只需勇气和描述的技术，基本就可完成。但听的功力，除了有一双好耳朵，还需有一颗擦拭干净不畸形不变异的心。如果自己的心是哈哈镜，把人家的话听得变了形，那责任就不在说者，而在听者。

会听的心，要有大的空间，除了容纳自身，还能接纳他人。会听的心，要有对人的真诚，因为听的那一刻，你将把心灵至尊的位置，让给你的朋友。会听的心，是柔软和温暖的，让人感到茸茸的温馨。会听的心，是坚强的，因为它有自己顽强的意志，不会在袭来的痛苦之中摇摆淹没……

有一个可以救命的外科手术，叫作"心脏搭桥"，说的是在堵塞了血管的心脏上，再造一条新的流畅的脉路，让新鲜的充足的血液，流入衰弱的心脏。我很喜欢这个手术的名称，借来一用。我们除了在自己的心脏上搭桥，也需在不同的心脏之间搭桥，以传达我们彼此间的感觉和友谊。

结婚
约等于

世界上的事情，有些是不好比的，比如一颗星球和一片树叶，孰重孰轻？

当然是星球重了。但那星球远远地在天上飘着，和我们没有什么关系。一片袅袅的树叶坠下来，却惹得一位悲秋的女子写下千古绝唱。孰轻孰重？

但人们仍然喜爱比较，古时流传"不比不知道，一比吓一跳"，"人比人得死，货比货得扔"等诸多话语，说明"比"的重要性。如今科学加盟，更是创出了许多先进的指标，使"比"这件事，空前地科学和精确起来。

看到过一张"社会再适应评定量表"。

那表的左端，将我们生活中可能遭遇的变化，列成长长的一排。从亲人死亡，夫妻不和，离婚退休，违法破产，搬家坐牢，一直到睡眠习惯的改变和亲家翁吵架这样的事件，都做成明细的账表，计有数十种之多。

表的右侧，列出各相应事件的"生活变化单位"，简言之，就是一个事件对生活影响的严重程度。据说这个表是根据五千多人的病史分析和实验室所获资料，可以对某个人因为生活变化而造成的适应程度，做出数量估计。

当生活变化单位超过一百五十时，百分之八十的人感到严重不适、抑郁或有心脏病发作。

这段话学说起来十分拗口，其实就是把我们在生活中经常遭遇到的事，像小学生的算术卷子似的，每题各打一个分，说明它对我们身心的影响。把最近碰上的事的分叠加起来，就得到了一个总分，大致表明它们对我们生存境况的影响。不过这个分可不像高考的分，越高越好，而是患病的危险性同分数成正比。

列于生活事件严重程度的前三项是：

配偶的死亡：得分一百。

离婚：得分七十三。

夫妻分居：得分六十五。

可见在纷繁的世界上，家庭和亲人对我们如此至关重要。爱护家庭，就是爱护我们自己的生命。

金钱对身心的影响，远没有想象中那般显赫。少于一万元的抵押和贷款，居于严重等级的第三十七级台阶上，分值仅仅为十七，只相当于过一次半圣诞节。

各种节日也被列入影响生活的事件，比如圣诞节，它的分值是十二。刚开始很有些不得要领，过节是快乐的事情，怎么反成了坏事？静下心来想想，也有道理。在每一个盛大的节日后，都有许多人疲倦和病痛。假如是身在远方的游子，每逢佳节倍思亲，潸然泪下，忧郁足以致病了。

与上司的矛盾，分值是二十三，只相当于一次半睡眠习惯的改

孜孜
不倦地爱
与被爱

变（睡眠习惯的改变分值为十六）。

这表是洋人制订的，不大符合我们的国情。他们职业上来去比较自由，与老板闹僵了也不是什么了不起的事，对自家的情绪影响不大。若是中国的统计数字，和领导翻了脸，对目前的形势和以后的出路，都会投下巨大的阴影。这一点分值肯定是不够用的，起码需高上一倍。

表上所列大多是消极事件，就是我们常说的坏事。但也有积极事件。比如制定者们将"杰出的个人成就"这一辉煌事件的影响值，定为二十八分，相当于"儿女离家（二十九分）"和"姻亲纠纷（二十九分）"。

我们这个民族信奉的是"人逢喜事精神爽"，高兴还来不及呢，哪里还会因此有病？

反过来一想，中医素有"大喜伤心"与"乐极生悲"之说，大约也是这个道理。比如《儒林外史》中的范进中举，不知算不算是具备了"杰出的个人成就"，但痰迷心窍，一时疯傻，需他的岳丈一巴掌打在脸上才苏醒过来，却是千真万确的了。

"结婚"这一栏的分值是"五十"。

约等于一个半知心好友的死亡（好友死亡为三十七分）。

约等于一次搬迁（二十分）加上一次转学（二十分）再加上一次轻微的违法行为（十一分）的总和。

约等于个人的受伤或是害病（这一项为五十三分）。

超过了被解雇（四十七分）和退休（四十五分）。

"结婚"这件大喜事，竟有这样高的不良影响分值，世间许许多多的女了，可能也同我一样出乎意料，对人生的这一重要转折估

计不足。

这张表当然也不是权威，但它毕竟从另一个角度向我们发出异样的警报。

结婚给女人带来了巨大的变化，从女儿变成媳妇，从恋人变成妻子，从自由身进入了特定的角色。

中国有句古话，叫作"凡事预则立，不预则废"。这张表也相当于我们生活的预报表。它是客观而严峻的。

过多沉迷于玫瑰色想象，对幸福不切实际地甜蜜憧憬，会削弱承受艰难的耐力。婚姻并不仅仅是快乐，是节日，是两情相悦，是生死与共。它还是考验，是煎熬，是一种熟悉生活的破坏和一种崭新模式的建立，是包含了智慧勇气人格意志的双方重新组合。就像进入一块陌生的大陆，所有的事件都有可能发生，我们对此必须有清醒的认识和足够的心理准备。

结婚约等于一次必将穿越风暴的航行。当新船驶离港口的时候，两个水手要将自己的身心调整到最光明最昂扬的状态，镇静地眺望远方，携手向前。

婚姻在差异中成长

在我的咨询室里，来过很多因为婚姻触礁的男人和女人。他们的皱纹连接起来，可能和本初子午线一样长了吧？他们的眼泪会在一起，会漫浸整个城市的街道，湿了人们的裤角吧？他们寻求改善，希望给濒死的婚姻注入强心针，以求爱的重生。那么绝境中的挣扎，让双方的心灵，都溅满了泥污甚至血泊。

我相信，他们曾经相爱过。不少人爱得摧枯拉朽山崩地裂。然而，激情可以让人走到一起，却不能保证持久的黏合。随着现代社会的不断发展，婚姻双方越来越强调自己在家庭中的独立地位。独生子女的一代，因为缺少兄弟姐妹，他们在如何与人沟通上先天就处于不利地位，婚姻生活面临更大挑战。

恋爱中的男女把对方加以神秘的美化，包涵较多；结婚后，双方都松了一口气，个性伸张，差异充分暴露出来，争吵就在所难免。

原因来自几个方面。

第一，两人的个性与成长经历不同。夫妻关系里的个体，首先是"你"和"我"，然后才是"夫"和"妻"。这就决定了人们在考虑问题时，会先从自身思维惯性出发。世界上从来不存在两个完

全相同的个体。假设这世界上真有两个思维方式和个性完全相同的男女结成了夫妻，你起床他也起床，然后两个人讲述一模一样的梦境，穿起同样颜色的衣服……倒是不会吵架，但这不仅无趣，简直就是恐怖！心理学家研究证明，人们在寻觅伴侣时，会搜寻那些与自己有很多基本相似点的对象，但随着了解逐步增多，也会剔除那些与自己相似程度过高的个体。

第二，婚姻双方对婚姻的期许与理解不同。有人会期待婚姻中的情感交流多一些，更多花前月下琴棋书画。有人则觉得结婚就是过日子，浪漫应该向柴米油盐举手投降。由于对婚姻的期望值不同，在同一个屋檐下开始耳鬓厮磨后，夫妻双方会因诸多杂事和细节产生摩擦。更不消说那些可能触及个体较深层次的差异，更是成了敏感的"雷区"，一经碰撞，就会引发双方剧烈争执。双方如果没有良好的沟通，很可能会酿成经久不息的纷争。

第三，沟通方式和讲话艺术的欠缺。有人以为这是小问题，觉得在自己家里，不用讲方式方法，不必掂量轻重缓急，陈谷子烂芝麻的事儿，随心所欲地唠唠叨叨……要知道，这些都是如同盐酸一样的强腐蚀剂，长久下去，很可能会让婚姻演化到崩溃和破裂的边缘。

反观那些关系良好的夫妻，不是不存在争吵，而是在争吵中学会了如何面对差异。

第一，从了解自己的原生家庭入手，明白自己是个怎样的人。

每个人对婚姻的认识，都是从父母处学来，都打着深深的"原生家庭"烙印。可惜没有课堂专门传授达方面的知识，也没有老师会为你梳理这些日积月累固定在你头脑中的看法。整理这些继承来的经验教训，找到其中的精华，剔除其糟粕，建立自己的婚姻观和家庭规则，这是消弭争吵的一块必要基石。

第二，开诚布公地讨论彼此对人生的目标和对婚姻的期待。

很多时候，人们的压力都来自于目标不明确。其实，每个人都是一个独立的世界，夫妻因认识差异发生争吵并不可怕。在良性发展的家庭中，争吵甚至是一种特殊沟通方式。当然，我们要学会比争吵更好的交流手段，促膝谈心后，夫妻往往会发现差异其实并没有想象的那么大，大家都会同意：婚姻绝不是简单的"一起过日子"，还包含着许多更深层次的心理契合，比如支持、信任、爱与包容。这些高层次的情感源自夫妻双方对彼此共同点的赞成和欣赏，在共同的合作与行动中加深默契。面对差异时，不耐烦、惶恐或是退缩都是正常现象。但要想良好地解决差异，合作必不可少。

最后一条是，解决差异的核心法则是"求大同、存中异"。这世界上总有些矛盾不可调和，那些来自于最根本价值观和世界观的差异，是单纯的沟通和交流所不能解决的。面临"大异"，夫妻多半只有离婚一条路可走，平和分手就是。遇到鸡毛蒜皮的"小异"，夫妻虽然可能一时间火光四溅，但不必紧张，随着彼此交流技巧的娴熟，也会因为爱与包容而自行解决。至于那些引发争吵的"中异"，夫妻需要更多的智慧和手法来化解——这是人们毕生的功课之一。

我很欣赏美国心理学家萨提亚的一句话：我们因相似而在一起，却因为差异而成长。家庭关系不仅需要共同欣赏彩虹般的温馨，也要有在暴风雨中化解差异的勇气。完美和谐的家庭，会因为差异的存在而变得更加美丽。

孜孜
不倦地爱
与被爱

爱
最怕什么

　　写过一篇《爱怕什么》，朋友又要我写一篇《爱最怕什么》，好像原本同时撒种育了一畦小白菜，突然接到命令，要从中挖出最大的一棵，不由得犯了踌躇。赶紧把自己的文字重温了一遍，说来惭愧，以前怎么写的，已记不周全。若已在那篇短文中说过了爱最怕什么，现在要做的事就是咬紧牙关坚持初衷，不可出尔反尔。可惜，没有。在那厢，我掰着手指头列举了若干项爱所害怕的事物，遗憾，始终没有说过一个"最"字。

　　只有现撰了。

　　我想，爱最怕的是"不真诚"。当然，我们首先要肯定，这个"爱"是真的，不是假的，也不是半真半假的。这是一个大前提。没有这个大前提，一切将无从讨论。假的爱，不是爱，是情感的盘剥和诈骗。

　　与万事相比，爱是极需真诚的一件事情。不单是从道德、理论的角度来讲爱需要真诚，即使从单纯技术的角度来说，真诚的重要性也首当其冲。

　　爱是全部身心的投入与契合，在这种人类无与伦比的亲密关系中，容不得丝毫的虚伪与欺骗。哪怕再高明的演员，也无法在如此近距离的耳鬓厮磨中，将真相掩盖得风雨如磐。一个眼神，一个手势，一声叹息，一个背影……都是上好的奸细，可以把爱与不爱的信息，通通出卖给对方。更不消说，沉溺爱河中的人，如同长了顺风耳通天眼，还有神鬼莫测的第六感为虎作伥……所以，爱是一场独特的双人考试，考场中不容作弊。你可以看对方的卷子，但自己的卷子要自己答。爱就是爱，不爱就是不爱。爱是最需要实话实说的。不爱了还强装爱，爱着却要强作不爱，都是人间的大辛苦大困难之事。难为了自己，伤害了对方，机关算尽，又很难达到目的。现代人，你何苦做这般赔本的勾当！

当爱不存在的时候，唯有真诚，是尊严和力量最后的栖息地。有人以为伪装的爱是一剂情感的白药创可贴，虽说解决不了根本的问题，但尚可暂时止血止痛。殊不知，它是爱情的浓硫酸，不但彻底毁了爱的容颜，更是对他人凶狠的侵犯。

当真诚被动摇的时候，爱将无所附丽。培养爱情从练习真诚开始。保养爱情从维系真诚着手。真诚是爱的风向标，当一对相爱的人，不再坦诚相见直抒胸臆，爱的台风球就亮起来了。

人们常常以为爱中的人，格外脆弱，其实不然。无论真实坏到怎样凶险的程度，只要有清醒的脑和灵巧的手，我们就有办法。单单损失了爱，还不是最凄惨的事情。如果在失去爱的同时，你还失去了对世界和人心真实的把握，才是更悲苦的事情。盲人瞎马，夜深临渊，便成了情感和智慧的双料赤贫。

我不敢说有了真诚就一定有爱情，但我敢说没有了真诚就一定丢掉了爱情。从这个意义上讲，爱惜真诚吧，它是我们爱的保单。

修补爱情

　　东西用得久了，便会磨损。小到一双鞋子，大到整个天空。于是诞生了修补这个行当。从业人员从街头古朴的老鞋匠，到谁都未曾谋面的一位叫作女娲的神仙。

　　只有珍贵的东西，才需要修补。我们不会修补一次性的筷子和菲薄的面巾纸，但若损坏的是一双象牙筷子和一幅名贵字画，又是家传的珍宝和友人的馈赠，那就大不一样了。你会焦灼地打探哪里有技术高超的工匠，为了让它们最大限度地恢复原貌，不惜殚精竭虑。

　　我们修补，是因为我们怀有深情。在那破损的物件的皱褶里，掩藏着岁月的经纬和激情的图案。那是情感之手留下的独一无二的指纹，只属于特定的人和特定的刹那。

　　考古人员修复文物，所费的精力，绝对大于再造一件新品。比如一个陶罐，掉了耳朵，破了边沿，漏了帮底，假若它是新出厂的，肯定扔在垃圾箱里，但在修复者眼里，它们是不可替代的唯一。于是绞尽脑汁，将它复原得精妙绝伦。陶罐里盛着凝固的历史和永恒的时间。

　　修补是一个工程，需要大耐心，大勇气，大智慧。耐心是为了对付那旷日持久的精雕细刻，勇气是为了在漫长的修复过程中，坚定自己的信念和抵御他人的不屑。智慧是为了使原先的破损处，变得更加牢靠而美观。

人们常常担心修补过的器物，是否还有价值。也许在外观上会遗有痕迹，但在内在品质上，修补处该更具强韧的优势。听一位师傅说，锔过的碗，假如再摔于地，哪怕别处都碎成指甲盖大的碗碴，但被锔钉箍过的磁片，依旧牢牢地拢在一起。

爱情是我们一生中最需精心保养的器皿，它具备可资修补的一切要素。爱是珍贵的，爱是久远的，爱是有历史的，爱是渗透了情感的，爱是无价之宝。

爱情的修理工，不能假手他人，只能是我们自己。当我们签下爱情契约的时候，也随手填写了它的保修单。我们既是爱情的制造者，也是它的使用者和维修者。这种三合一的身份，使人自豪幸福也使人尴尬操劳。爱情系统一旦出了故障，我们无法怨天尤人，只有痛定思痛地查找短路，更换原件，改善各种环境和条件……

古书上说，假如宝玉有了裂纹，可用锦缎包裹，肌肤相亲，昼夜不离身，如此三年。那美玉得了人的体温滋养，就会渐渐弥合，直至天衣无缝，成为人间至宝。

不知这法子补玉是否灵验？若以此法修补爱情，将它放进两颗胸膛，以血脉灌溉，以精神哺育，以意志坚持，以柔情陶冶，它定会枯木逢春，重新郁郁葱葱。

孜孜
不倦地爱
与被爱

爱，不是
魔鬼的合约

你一定会找到爱，但不是从你投射下爱的那个人身上，而是在你的心灵深处。

很多人在谈论爱的时候，其实说的不是爱，只是一厢情愿。

我以为，爱必须是双方的，因为爱的前提是平等。不平等的爱，充其量也就是怜悯。只有那种心心相印的平视的爱，才是真谛。

很多人衣橱里的婚纱还熠熠生辉，婚姻却已被蠹出千疮百孔。到底在哪里出了差错？可否有婚姻的樟脑，能让我们保持关系的整洁与清新？

在回答这个问题之前，我们必须问问自己：你的爱人，爱的是真实的你，还是她或者他想象中的你、希望中的你？这不但是对你自己负责，也是对爱人负责，免得犯了货不对板的失误，动辄离婚，还急管繁弦。

很多人只是把自己的想象附着在某个人身上，他们爱的其实并不是那个人，而是自己的想象。他们没有能力完成自己的想象，就假设一个人具有这种形象和力量，然后一往情深地涌泻自己的爱，

实质是顾影自怜。

这种情感的诱惑力非常强大，本质是一纸魔鬼的合约。寻求这种结合的人，是依赖、谄媚、自我牺牲的人：承受痛苦，愿意为了得到结合的安全感做任何事；得不到之时，就滋生出可怕的破坏力。

爱就是付出时间。拿出时间陪伴你的父母，拿出时间帮助你的爱人，拿出时间和你的孩子一同玩耍，拿出时间和你的恋人在一起……在这个越来越物质化的世界里，时间是衡量真情的一把铁尺。因为时间可以换来一切东西，但是一切东西都无法替代时间。在人际关系或人生里，你都没有义务必须爱某一个人。

如果一定要找到一个人值得你永远去爱，那就是你自己。

真正爱情的前提，是尊重对方的自由和独立。我爱你至深，才接受你现在的样子，而不是我期望中的样子。凡是不喜欢你独立的人，离开他或她。不要等到心中的理想完全熄灭，又在灰烬中苦苦燃起残存的火星，那样损失的时间太多了。时刻保卫你心中最珍贵的东西，不要因为卑微或是苦难而放弃。

请坚信，你一定会找到爱，但不是从你投射下爱的那个人身上，而是在你的心灵深处。

不要保存爱情的木乃伊

　　如果你不爱一个人，就请明晰地告诉他。这样，即便爱不存在，尊重还活着。如果你出于悲悯或是胆怯，将不爱说成爱，那不单是对他人的欺骗，首先是对自己的大不敬。世上有多少悲剧，是在爱的大旗下做出。

　　不要相信"做不成恋人的人，还能做朋友"。那是圣人的行为，不是我等凡人可模仿的。那些说做朋友的人，是在杀死一个人之后，还留着带血的手套。这是悲怆的纪念，也是惨案的证据。

　　其实每个人内心的能量，并不像我们想象的那般强大。不要制造剑拔弩张的险情，考验我们饱经磨砺的灵魂。回忆是无时无刻不在的镣铐和折磨。我们的情绪依循着单向的轨道，由俭入奢易，由奢入俭难。亲密无间是情感的奢侈，形同陌路就是情感的贫瘠。

　　不要保存情感的木乃伊，无论它腹中充填了多少名贵的香料。梭罗曾经说过：保存尸骨，是一种违背天地的罪行。违背上天，是因为上天已经召回了灵魂，已解除了它的义务。违背大地，是因为本来属于大地的尘土被劫取为他用了。

　　一双跋涉了很远路途的双腿，就让它歇息吧，不要驱赶它爬向另一座高山。

孜孜不倦地爱与被爱

婚姻
也需要学习

在我们的文化中，把对于婚姻的了解和把握看成是一种瓜熟蒂落水到渠成的事情。只要岁数到了，自然无师自通。

但是人类进化到了今天，婚姻关系绝不仅仅是性的结合，而远远有了更为深邃宽广的内容。

如果说单纯的生理机能还可待自然法则来开启，但是婚姻的社会性，却是必须学习才能掌握。

婚姻实质上是一个中性的词。也就是说，它可以分为好的婚姻和不好的婚姻。高贵与卑鄙、真诚与虚伪、宽宥与刻薄、奉献与索取、提携与拖累、升华与堕落……凡此种种人类精神世界的状态，都可以在婚姻中找到它们的模型。试想一下，两个性别、背景、教养、性格、职业、爱好……都不同的人走到一间屋檐下，四目相对朝夕与共，那确是一种肝胆相照"图穷匕首见"的赤裸裸的真实。矛盾终将暴露，摩擦必然产生，理解和退让是润滑油，共勉和并进是婚姻的理想状态。在婚姻中，人们将被迫学习交流和谅解，在这种缩小了的世界中，模拟整个人生的风云。

研究婚姻是一个大题目，尤其对准备走进婚姻的青年人来说，

更应该是必修课。但在现实中，却是一个相对薄弱环节。中国的古话说：男大当婚女大当嫁。好像只要年纪到了，去婚嫁就是了，至于婚嫁之后的事，男女青年自会料理。在我们的文化中，把对于婚姻的了解和把握看成是一种瓜熟蒂落水到渠成的事情。只要岁数到了，自然无师自通。这种看法带有原始社会的遗风，把婚姻的内核几乎等同于性的本能。但是人类进化到了今天，婚姻关系绝不仅仅是性的结合，而远远有了更为深邃宽广的内容。

如果说单纯的生理机能还可待自然法则来开启，但是婚姻的社会性，却是必须学习才能掌握。可惜我们的学校里从中学到大学，是不许谈恋爱的。既然，连前奏都在禁止之列，那么，主题就更是不登大雅之堂了。这就出现了一个悖论——我们期待着更多的高质量的婚姻，但是即将走入婚姻家庭的成员，却是对此重大事件不甚了了……他们和她们，或者是道听途说半遮半掩地自学成才，或者是两眼一抹黑仓促上阵，或者是花拳绣腿知其一不知其二更不知其三。更可怕的是有些人自以为掌握了驭妻驭夫的婚姻秘诀，其实是以讹传讹的腐朽观念……这种婚姻的愚民政策，导致了很多惨淡经营得过且过的低质量婚姻，无知导致了很多悲剧上演。由此可见，婚姻教育极为重要，需未雨绸缪，从尚未走进婚姻的年轻人抓起，才可事半功倍。

这正是婚姻研究机构的使命和责任。

每一个孩子都是从小处在父母的某种婚姻状态之中的。他们不但是这种关系的目击者、承受者，而且还是学习者和传发者。所以，我们常常听到这样的故事：一个从小生活在离异家庭中的孩子，长大了，非常渴望真情和幸福，但是，当他走进婚姻之后，如

同中了魔法，竟然亦步亦趋地重复了父母失败的婚姻，他不乏勇气和追求，屡败屡战，然而终是重蹈覆辙、难以自拔。我们在唏嘘这种人间悲剧的背后，也不由得深深地反思——某些失败婚姻的模式，也同某种病症一般，具有传染和遗传的特质吗？

在婚姻中有很多未知的领域需要探索和研究，我们任重而道远。

第六辑

家庭是会变形
的镜片

真正的坚守，
是没有人给予你任何承诺的，
流逝的只是岁月，
孑存的只是信念。
一种苍凉中的无望守候，
维系意志的只有心的一往无前。

路远不胜金

　　有一天，我先生对我说，以前结婚的时候，也没送过你什么礼物。现在我补送你一个金戒指吧。

　　我说，心意领了。但金器我是不要的。

　　先生笑了，说你肯定是舍不得钱。其实买金很合算，戴在手上，是件装饰品，除了好看，本身的价值也还在。不喜欢这个样式了，还可以打成新的样子？你为什么不喜欢？

　　我说，我算的是另一笔账啊。

　　他很感兴趣，让我说个明白。

　　我说，我是一个劳动妇女，戴了金，干起活来就不方便了。俗话说，远路无轻载。

　　先生就笑了，说你以为我会给你买一个多么沉重的金镏子？想得美。我们只能买个金戒指，不过几克重。

　　我说，你听我说。我每天伏在桌前，不辨晨昏地写作。在电脑上敲出一个字，最少要击键两次。就算这个戒指五克重吧，手起手落，一个字就要多耗十克的重量。天长日久地下来，就不是一个小数目。假设我要写一部百万字的长篇小说，这小小的戒指就化作十吨的金坨，缀在手指的关节上，该是多么大的负担！要做的事情太

孜孜不倦地爱与被爱

多，路远不胜金。

先生说，要不我们买一条金项链，你写作的时候脖子总是不动的。

我说，我不喜欢项链的形状，它是锁链的一种。我崇尚简洁和自由，觉得美的极致就是自然。再说我多年之前就被 X 光判了颈椎增生，实在不忍再给沉重如铅的脖子增加负担。

先生叹了口气说，作为一个女人，你浑身上下没有一克金，真的不遗憾？

我说，我有许多遗憾的事情，比如文章写得不漂亮，做饭的手艺不精良，一坐车就头晕，永远也织不出一件合身的毛衣……但对金子这件事不遗憾。

先生说，你这是反潮流。

我说，不是反潮流，实在是无所谓。金是什么？不就是地球上的一种不算太少也不算太多的金属吗？有了这种金属就象征你高贵，没有这种金属就注定卑贱吗？这颗星球上还有很多种稀有金属，比如铂，比如铑，比如能造原子弹的铀和镭……都比金昂贵得多。我们不可能把所有的金属都披挂在身，金属除了它在工业上的用途，并不代表更多的含义。如果你喜欢，你就佩戴好了，就像乡下的女孩在春天里，把一枝野花簪在发梢。如果你因了种种的缘故，没有一克金，那也没有什么可怯懦的，依然可以挺直腰杆，快快乐乐地生活。

作为一个女人，如果我们拥有天空和海洋，如果我们拥有知识和事业，如果我们拥有自信和尊严，如果我们拥有亲人对我们和我们对亲人的挚爱，我们的生命就很完满。

拥有已太多，无金又何妨！

谁是你的
支持系统

那天我回到家中，面对着先生拿出一张白纸。然后对他说，在纸的上边，请写下"我的支持系统"这几个字，在纸的左边，请写下"人物的称谓或姓名"，在纸的右边，请写下"与我的关系"。好了，开始吧，尽快，不假思索。你要知道，所有的心理测验都烦再三斟酌。

他笑眯眯地看着我说，你今天又学习到了什么新知识，想在我这里做个试验？

我说，你猜得很准嘛。好吧，听我慢慢说个分明。

我们每个人都有一个支持系统，就像"一个好汉三个帮，一个篱笆三个桩"。比如说，柱子是宫殿的支持系统，双脚是身体的支持系统，绿叶是花朵的支持系统，桥墩是高架桥的支持系统……一个人，在世界上行走，没有好的支持系统是不能持久的。它是我们闯荡江湖的根据地，它是我们长途跋涉的兵站。当我们疲倦的时候，可以在那里的草丛栖息。当我们忧郁的时候，可以在那里的小屋倾诉。当我们受到委屈的时候，可以在那里的谅解中洒下一串泪珠。当我们快乐的时候，可以在那里的相知中聊发少年之狂……

这种精神的疗养生息之地，你有多少储备？

先生是个缜密的人，他说，既然你已做完了这道测验，不妨把你的讲来听听。

我说，好啊。我告诉你。

我最先写下了我的母亲……

于是，忆起那天的课堂。

静寂。这是心理测验常常出现的情形。人们在想。片刻之后，有人就唰唰地动起笔来。这种事情，一旦有人开了头，谁都顾不了谁了。同学们埋头去写，然后分成小组，描述自己的支持系统。基本上包括这样几类——家人、亲属、同学、师长……

有同学说：我飞快地检视了自己业已走过的人生，我为自己多年来储备下的丰厚资源而欣慰和思考。我对自己的今后更有了把握和信心。我的支持系统是，从我幼年的朋友到最新的职业同事。他们涵盖了我的历程，好似风暴过后海滩上遗下的贝壳。那是经历了考验的生命的礼品。

有一位同学的支持系统是一片空白。他坦诚地说，我的支持系统就是没有一个人。我是自己支持自己，是思想支持着我。也许，这是因为"文革"中有人告密，使我不需要知心的人。

不管怎么说，我钦佩这位同学的坦率。有的人在这种时候，不敢暴露自己，明明没有，但他随便填上几个名字，把自己凄凉的真实隐藏起来。但是，你要想一想，为什么自己的支持系统是空白呢？再有，如果有的同学全部填写的是家庭成员，那也是不够完备的。如果一个中学生，他的支持系统也都是同龄人，那么，很容易出现瞎子领瞎子的情况，要引起辅导员的高度注意。支持系统的性别单一化，也是不理想的。理想的支持系统应该是两性都有。

家有三宝

有首歌很火，叫作"吉祥三宝"，爸爸、妈妈和孩子，音色搭配在一起，犹如杏黄的密瓜瓤、雪白的香蕉肉、碧绿的猕猴桃被浅绯红的浆汁裹在玲珑剔透的沙拉钵里，醇醇人生。有没有一些原来不准备要孩子的丁克和准丁克们，在听了这首歌之后，恍然大悟求贤若渴般地想要孩子了呢？不知道。或许，有吧。

但就歌词来讲，不觉有多么聪慧。好在一首歌毕竟不是一所讲堂，能让我们的心蓬松一小会儿，已是天籁。关于家，关于三宝，古人也曾留下一句话，其狡黠练达，似在吉祥之上。

那句话是——你听好了，别被吓一跳。如今人们信奉的是美女娇妻郊外豪宅光鲜服饰，那句话反其道而行之：家有三宝——丑妻、近地、破棉袄。

我听过一个彻底信服这句谆谆教诲的中年男子，畅谈心得。

丑妻。谁不想貌美如花一笑百媚的妻子呢？现代化妆包括刺刀见红瞒天过海的整容术，已为世界批量打造出了庞然的美女纵队。鱼龙混杂的真假美女，如过江之鲫越来越多。可惜夫妻不是风云会聚的舞伴，生儿育女不是人面桃花的晚宴。你不能抗拒时间，你不能在基因上涂抹防皱膏。灶头床尾耳鬓厮磨，你一定会看到铅华洗尽的赤裸和睡眼惺忪的倦怠。如果你是个寻常男子，就请珍惜一个良善丑女，将她娶回家变作你的丑妻。日日相伴，如同珍惜你平凡的自己。

近地。我们都没有地了，可是我们有单位。我们的公司和机关，我们为之服务的那个小小的机构，就是我们的地了。你没有办法让你的庄稼长在你的身边，但你有办法住到你的土地旁边去。不要贪图浮华，不要在路上耗费太多的时间。如果在散淡的第一产业时代，牵牛的老农都会考虑到往返耕种的时间成本，你为什么要远离你的禾苗？绣花一样地耕耘你的土地，精心侍弄你的种子，日久天长，你就能比奔波的邻居晒更多的谷，收更多的棉花。

破棉袄。说到破棉袄的时候，他笑了。我也不怀好意地笑了。我看到他西服笔挺皮鞋锃亮。我说，你果真有破棉袄吗？拿出一件让我看看。

他说，我的破棉袄就是我的小心、我的谨慎、我的谦逊。

我说，这都是很好的品质啊，干吗把它们贬为破棉袄？

他说，我并没有贬斥它们，古话也说它们是宝。要把棉袄时刻带在身边，因为有一些风雨无法预料。即使是太阳当头，你要有乌云遮蔽的准备。即使是阳春三月，你要有冷风袭面的预防。即使是夏日里暑热难当，也要有最坏的打算，比如就曾因为窦娥喊冤下起六月雪……好品质，是可随身携带的不离不弃的遮身蔽体的棉袄啊。

他还说，看得多了，熟能生巧，丑妻也不再丑了。那块地侍弄得久了，自己已从长工变成了东家。唯有破棉袄却不曾换成新的，因为贴身并且如影随形。

谁是家务劳动者

在某届博览会上，展出了科学家新近制造出的女机器人：形象仿真容貌美丽，并具有智慧（当然是人们事先教给她的），可以用柔和的嗓音回答观众提出的各种问题。

在女机器人的耳朵里，装有可以把观众所提问题记录下来的仪器。展览结束之后，经过统计，科学家们惊奇地发现，男人所提的问题和女性大不同。

男人们问得最多的是——你会洗衣服吗？你会做饭吗？你会打扫房间吗？

女人们问的多是——你是怎样被制造出来的？你的目光能看多远？你的手有多大劲呢？

看到这则报告之后，我很有几分伤感。一个女人，即使是一个女机器人，也无法逃脱家务的桎梏。在人类的传统中，女性同家务紧密相连。一个家，是不可能躲开家务的。所以，讨论家务劳动，也就成了重要的话题。

家务活灰色而沉闷。这不仅表现在它的重复与繁琐，比如刷碗和拖地，日复一日年复一年味同嚼蜡，更因为它的缺乏创造性。你不可能把瓷盘刷出一个窟窿，也不能把水泥地拖出某种图案。凡是缺乏变化的工作，都令人枯燥难挨。

更糟糕的是，家务劳动在人们的统计中，是一个黑洞。如果你活跃在办公室，你的劳动就进入了人们的视野，被重视和尊敬。但是你用同样的时间在做家务，好像就是在休息和消遣，一片空白，什么也不曾留下。在我们的职业分类中，是没有"家庭主妇"这一栏的。倘若一个女性专职相夫教子，问她的孩子，你妈妈在家干什么呢？他多半回答：我妈妈什么都不干，她就是在家待着。丈夫回家，发现了某种疏漏，就会很不客气地说，我在外面忙得要死，你整天在家闲着，怎么连这么点小事都干不好呢？

在人们的意识中，家务劳动是被故意忽视或者干脆就是藐视的。它张开无言的长满黑齿的巨嘴，把一代代女人的青春年华吞噬，吐出的是厌倦和苍老。

于是，很多女人就在这样的幽闭之下，发展出病态的洁癖。她们把房间打扫得水晶般洁净，不允许任何人扰乱这种静态的美丽。谁打破了她一手酿造的秩序，她就仇恨谁。她们把自己的家变成了雅致僵死的悬棺，即使是孩子和亲人，也不敢在这样的环境中伸展腰肢畅快呼吸。她们被家务劳动异化成一架机器，刻板地运转着，变成了无生气的殉葬品。

在外工作的女人们更处于两难境地。除了和男性一样承担着工作的艰辛以外，更有一份特别的家务，在每个疲惫的傍晚，顽强地等待着她们酸涩的手指。如果一个家不整洁，人们一定会笑话女主人欠勤勉，却全然不顾及她是否已为本职工作殚精竭虑。更奇怪的是，基本没有人责怪该家的男人未曾搞好后勤，所有的账独算在女

人头上。瞧，世界就是如此有失公允。

记得听过一句民谚——男人世上走，带着女人两只手。我觉得不公道。某人的个人卫生，当然应该由他自己负责，干吗要把担子卸到别人肩上？为什么一个男人肮脏邋遢，人们要指责他背后的女人？如果一个女人衣冠不整，为什么就没人笑话她的丈夫？在提倡自由平等的今天，家务劳动方面，却是倾斜的天平。

更有一则洗衣粉的广告，让人不舒服。画面上一个焦虑的女人，抖着一件男衬衫说，我的那一位啊，最追求完美。要是衣领袖口有污渍，他会不高兴的……愁苦中，飞来了××洗衣粉。于是，女人得了救兵，紧锁的眉头变了欢颜。结尾部分是洁白挺括的衬衫，套在男人身上，那男人微笑了，于是，皆大欢喜。

我很纳闷，那位西装笔挺的丈夫，为什么不自己洗衬衣呢？自己的事情自己做，这难道不是我们从幼儿园就该养成的美德吗？怎么长大了成家了，反倒成了让人服侍的贵人？我的本意不是说夫妻之间要分得那么清，连洗谁的衣服也要泾渭分明，但基本的权利和义务还是要有个说法的。自己的衣服妻子帮着洗了，首要的是感激和温情，哪有因为自己把衣服穿得太脏了洗不净，反倒埋怨劳动者的？是否有点吹毛求疵？再者，你做不做完美主义者可以商榷，但不能把这个标准横加在别人头上，闹得人家帮了你，反倒受指责，这简直就是恩将仇报了。

近年来，在已婚女性当中，流行一种"蜂后症候群"。意思是，一个女人，既要负起繁育后代的责任，又要杰出而强大，成为整个蜂群的领导者，驰骋在天空。如果做不到，内心就遗下深深的自责。

女性解放自己，首先要让自己活得轻松快乐。现代社会的发展，让人们有越来越多的时间回到家庭，与亲人相处。一个家的舒适与否，很大程度上取决于家务劳动的质量和数量。作为这一工作的主要从业人员，妇女应该得到更大的尊重和理解。男性也须伸出自己有力的臂膀，分担家务，把自己的家园建设得更美好温馨。

孜孜
不倦地爱
与被爱

家庭幸福的预报

今日世上多预报，比如天气预报、地震预报、商情预报、服装流行趋势预报，甚至连几十上百年后的日月食，都有了分秒不差的天象预报。不知为什么一桩婚姻诞生时，却没人对它的走向发布家庭幸福趋势预报。

料想此事太难。

人无慧眼可穿透岁月层叠的雾岚，窥见新人的沧海桑田。天会变，道亦会变。地位、相貌、健康、性格……都像拥挤的卵石，在时间的渠里磕磕绊绊，几十年冲刷下来，旧貌新颜，有的化作晶莹玛瑙，有的碎成粉渣石屑。意志不是金刚水钻，没有坚不可摧的硬度，柔软多孔的人心是善变的精灵。

更无一把衡尺，可丈量幸福的杯子是否饱满。你以为汹涌澎湃，他却道涓涓细流。你陷入悲痛欲绝，她却沉浸风花雪月。思维无并联，精神永绝缘，是动物的造化之串，也是人的悲哀之源。幸福也许是高速车上捆绑的安全带，因人而异，松紧可调，不到车毁人亡的关头看不出它所捆定的价值。

幸福无框架，幸福无定义，幸福不会立此存照，幸福无法预支和储蓄，幸福可以压缩，幸福可以扩展，幸福无保修，幸福无退换……谁愿面对一件标准模糊的产品说短论长？

家庭的幸福难道真是百面妖魔，没有蛛丝马迹可寻？幸福的趋势，竟如盲人摸象，永无程序可考？设想婚礼的筵席上，若有预告幸福、指点迷津的权威术士，该是最受敬畏的上宾。

不知未卜先知的哲人，有何手段击穿未来烛照今夕？依我之心，窃以为该先测测双方的智商。假如智慧相等或相差在百分之十的范围内，幸福便有了十分中二点五分的保障。想想看，若在几十年的耳鬓厮磨中，每一句话都呢喃两遍以上彼此才能缓缓沟通，是否慢性受刑？爱是生死与共的事，其难度不亚于"哥德巴赫猜想"。分秒必争、斗转星移的今日，大脑是每个人首要的固定资产，评估它的功能状态是严肃必备的手续。男女相悦不仅是荷尔蒙的迸发，更是理智的沟通。

教育的差异可在漫长的日子里填平补齐，更何况家中回荡的多是人生冷暖，并非先贤凝固的文字。假如智慧不对等，鸿沟非人力可填平，循环往复的"对牛弹琴"最易生出难以疗救的倦怠。世上有许多背景悬殊的夫妻，在外人以为寡淡无味的相守中其乐融融，这不仅是情操的契合，实有智慧"棋逢对手"的持久快意。

单有智商是不够的，还需品质的优良与性格的互补，分数前者占三后者占二吧。

婚姻是一场马拉松，从鬓角青青搏到白发苍苍。路边有风景，更有荆棘，你可以张望，但不能回头。风和日丽要跑，狂风暴雨也要冲，只有坚硬如铁的意志、持之以恒的耐力，才能撞到终点的红线。

婚姻在某种程度上是阴阳的大拼盘，我总怀疑性格近似是滋生不幸的助剂。粉了还要紫，绿了还要青，"雪上加霜"在搭配上也是犯忌的事。然而相反相成、刚柔相济，图纸上令人神往，实施起来难度很大。度的掌握重要而微妙。逆反太凶，则是冤家对头，虽有强的磁场引力，但长久相克，磨损太甚，只怕两败俱伤。然而适当的尺寸，又像魔鞋，缥缈大地，谁知遗走何方？有的人寻找一生，找到了，是大幸运；找不到，无望无奈，也可保有死水微澜的宁静；最怕的是委屈地将就，合久必分，却又当断不断，好像快餐店的塑料低背椅，可待片刻，难以固守一生。勉强坚持，必是颈项腰腿痛，半辈子熬过去，脊柱都弯了。

　　善良在幸福这锅汤里，就像优质味精，断断少不得。我看至少把一点五分给它。现今有人觉得善良简直就是无用的别号，我却以为无论在生意场社交场上，善良多么忍辱蒙羞、落荒而逃，友谊与家居却永远是它世袭罔替的领地。丧失善良的友谊，是溶了蒙汗药的酒池肉林。缺乏善良的婚姻，是无法兑现的期票。婚姻易碎，婚姻易老，善良如包裹婚姻瓷器的绵长丝缕，似保养婚姻花叶常青的圣水。

　　剩下的一分，不知判给谁好。机遇、门第、如影随形的契机、冥冥之中的缘分都在争抢终局的发言权。它们都很重要，假如有道判定婚姻幸福的公式，都该罗列其内。但我思索再三，决定将这场婚姻预判的最后一个因子，留给通常在爱情中受到漠视的金钱。

　　很世俗，但很实际。"贫贱夫妻百事哀"，当一生的基本生活需要都没有保障的时候，我不知家庭幸福的青鸟可以栖息在哪棵无果的树上做巢。婚姻里沉淀着那么多的柴米酱醋盐，每一件都与金钱息息相关。我们有许多清高的场合可以不谈钱，但家是一个必须坦荡地、经常地、反复地、赤裸裸地议论金钱的地方，对金钱的共同掌握和使用，是防止家庭木桶渗漏的坚实铁箍。

钱绝不可以太少。男人女人，要用自己的双手，用血汗化作干净的金钱，注满家庭列车正常行驶的油箱。钱多比钱少好，但不要超过双方的智力与品质可以控制的范畴。单纯的金钱就像单纯的水一样，不加消毒就会慢慢蒸发变质。金钱与善良结合，才是世上很多美好事物的摇篮。

如果我们看到一对男女结成连理时，智力均衡，天性互助，多温柔宽厚之心，不乏冷静果决之勇，坚忍友爱，钱不多也不少，顾了温饱，尚有些微节余，可以奠定共同事业的起点，那么无论他们身材多么矮小、相貌多么平凡、出身多么低微、文化多么有待提高、情感多么不善表达、誓言如何稀少轻淡……甚至在外人眼里他们的家贫寒寂静、简单简陋，我都有足够的理由期待，他们会在困窘中生长出至亲至爱的快乐与幸福。

我希望祝福成真。

假如一对新人智商殊异，性格无补，少温良仁爱的善美，多凛冽峻严的辣手，钱不是太多就是太少……无论他们身高如何匹配、相貌如何俊美、家世如何有渊源、文凭如何耀眼、情感如何缠绵、山盟海誓如何坚定……有多少外在的光环闪烁，也无论青梅竹马、患难之交、萍水相逢、千里姻缘、弄巧成拙、指腹为婚……有多少内里的故事流传，我却总带着凄凉的心境，仿佛看到幸福终结的海市蜃楼在不远处若隐若现，哀痛使我无法扮出由衷的微笑。

这一回，但愿我看走眼了吧。

孜孜
不倦地爱
与被爱

家庭的
天平

　　文学讲座或是大学授课，我最后总要留出些时间，让大家自由提问。经常接到这样的字条："作为一名女作家，你和丈夫感觉平衡吗？请说实话。"

　　每次我都会心一笑。记得在北大，我很想知道发问人的性别，念完条子后对大家说，请猜一猜，这是一个男孩还是一个女孩写来的询问？大家异口同声地回答——女孩。

　　看来，人们对平等问题普遍关切，尤其是女性，在这个日渐拥挤嘈杂的世界上，对平等问题有着天然的敏感。一个家就是一个微缩的地球，丈夫和妻子，男人和女人，永远面临着公正的挑战。

　　家庭里的男女平等从何而来？我想，这真是比哥德巴赫猜想还要复杂的数学难题。也许各人的经济收入还可比较，但一个家不是储蓄所，更不是商店，单是金钱的多寡，无法决定指针的走向。谁能说得清，深夜里的一杯热茶，病榻旁的轻轻抚摸，应该标价几何？男人完成了一篇论文，女人在这些日子里辅导了孩子的功课，又有谁能评判出这两种劳动对于家庭的贡献，孰大孰小？漫天风雪中，有人挂牵着你，这是亿万金钱也买不到的眷恋。伴侣百年之后一声悠长的叹息，如风飘散，却有着山一般的凝重屹立苍穹。

家庭中的天平，是一种模糊而又清晰的概念。事业、金钱、地位、声誉等等，都是有分量的物体，犹如一堆大小不一的砝码，堆积在我们脚下。有一架无形的天平，分给男人和女人各一个秤盘，倾斜就酝酿着危机。

沧海桑田，人人都在不断的变化中，唯一不变的是人间的真情。

爱是家庭天平中最沉重的砝码，一缕真情，抵得过所有金钱的总和！

面对纸条我总是回答，我和丈夫就像一个人的左脚和右脚，抬起落下，忙着走路。如果你总是在原地站着，无论怎样小心，终会失却了平衡倒下。

共同向前是最好的平衡，这就是永远的实话。

孜孜不倦地爱与被爱

家中的气节

　　我想说，家中无气节。这话肯定不堪一击。中国人饿死事小，失节事大，哪里敢辱没气节的丰姿呢？但我指的只是家中的琐碎，不过借用一下此词的英名。

　　世上举案齐眉的家庭一定是有的，不能以我等瓢勺相碰的日子，揣测人家的和睦是虚伪。但也一定不多，因为矛盾的普遍性制约着我们。

　　大多数家庭都时常爆发争执，像界碑不清的小国，边境冲突不断。要是演变成正式宣战，干脆离婚罢了，也不在范畴之内。那些先是苦恋苦爱，既而争执不断，又处于冷战状态的家庭，似有讨论气节的余地。

　　有多少原则问题呢？真正的国计民生，大概并不构成分歧的核心。甚至对家庭的大政方针，比如孩子要上大学，父母要延年益寿，工作要努力，住房要增加……双方也是高度和谐统一的。问题往往出在一些很小的分工或是态度的优劣上，比如你是做饭还是洗衣？你为什么不和颜悦色而是颐指气使……有时，简直就不知是为了什么，双方把外界的怒气直接打包带回家，单刀直入地进入了对峙阶段，除了不扔原子弹，家庭阴冷的气氛同大战无异。

为了对付这种莫名其妙的僵持，时新杂志上登出了许多驭夫或是驭妻的"诀窍"，教你如何化干戈为玉帛，这些供人莞尔一笑的小诀窍，不知灵不灵。我看这其中的死结，就是如何对待家中的气节。

家是什么呢？是一对男女永不毕业的大学，是适宜孩子居住的圣殿，是灵魂的广阔海滩，精神的太阳浴场。我们在尘世奔波，会见他人时的种种面膜，需在家中清洗复原。意志的疲软顿挫，需在亲情中柔软着陆。人们以为家中的人多温柔和蔼，真是错了。在涡轮般旋转的今天，家居的人也许比街市的人更脆弱，更敏感，更易冲动易怒。

常常听到因小事争吵的女人说，我从此不理丈夫，等他来同我说第一句话。男人就更是不肯低下高昂的头，好像家是宁死不屈的刑场。

冷漠后恢复交谈的第一句话真是那么重要吗？重于我们曾经有过的一生一世的寻找？第二句话真就那么卑下吗？低贱到后发制人，丧失了品格的尊严？第三句话真就那么平淡吗？淡到它如同抛弃我们以前拥有过的万语千言？

什么是家中的气节？既然我们相爱，爱就是我们共同的气节。你的失态，在我看来，是你的思绪溃败了。在这一个瞬间，我是你的强者。原谅、宽恕、包容和鼓励，就是家庭永远常青的气节。

有些人以沉默对待冷漠，消极地把缰交给时间。时间通常是一个中性的调解员，会使人们渐渐恢复冷静。但孤寂中只顾自家意气的男女不要忘了，时间也会跟我们开居心叵测的玩笑呢。当你缄默

孜孜
不倦地爱
与被爱

着不肯谅解时，家的瓶颈便出现第一道裂纹。继续对抗下去，锤子无聊地敲击着婚姻之瓶，随着时间的叠加，瓶子也许訇然破碎。

太看重一己气节的人，其实是一种枯燥的自卑。你以为在亲人面前争得了面子，失去的却是尊重与宽容。片刻的满足带来长久的隐患，聪明的男人和女人，千万别因小失大。

分歧时，不必拍案而起。争执起，义正辞可不严。有失误，莫要声色俱厉。灾临头，携手共赴家难。如果一定要有家中气节，我想这几条该在其中。

幸福的镜片

现今有些家庭，简直成了"情绪火葬场"。一位女友说，先生在外面笑眯眯，人人都赞他脾气好，可回到家里满脸晦气，令人沮丧。女友恼火地抗议："你不要金玉其外，轮到自家人时，却像八大山人笔下的鱼鹰，白眼球多，黑眼球少。"先生立即反驳道："人又不是仪器，不可能总调整在最佳状态。发愁的时候、懊恼的时候、垂头丧气的时候，你让我到哪里撒火？和领导吵吗？不敢抗上。和同事争吗？来日方长，得罪不起。在公共汽车上和不相干的人口角吗？人家招你惹你了？那不是伤及无辜，太不五讲四美了嘛！"女友说："我是你亲人，却经常看你黑脸，你这不是残害忠良吗？"先生说："家是最隐蔽、最让人放松的场所，一个人若是在家里都不能扒下面具，赤裸裸做人，那才是大悲哀。我阴沉着脸，并非对你有恶意，只是情绪病了。你装聋作哑好了，不必同我一般见识。有什么不中听的话并非针对你，只是宣泄独自的郁闷。如果你爱我，就请原谅我的种种真实……"

女友困惑地说："人怎么能把家庭当作消化情绪的垃圾场？这样下去，谈何幸福？"

我倒以为幸福的家庭，不妨成为回收情绪垃圾的炼炉，将成员的种种不快以至愤慨、忧愁、苦恼、悲凉都包容下来，然后紧闭炉门，不再泄漏。让那炉中真火慢慢熬炼，直到怨气焚成灰烬，随风飘逝，不见踪影。

　　这事说起来简便，实施的时候却很易失控。人在家居，心不设防，就像没打过麻疹疫苗的小儿，对情绪缺少抵抗力。一旦心境恶劣，极易传染他人。又因至爱亲朋，血脉相通，结果一人发火，污染全体，大家受难，很多原本是外界的小风波，最后演成家庭的"全武行"。

　　好的家庭要有丝网般的滤过功能。快乐的、幸福的消息，如高屋建瓴，肥水快流，多拉快跑，让佳音火速进入所有成员的耳鼓。忧郁的、不幸的消息，只要不关急务，便遮掩它，让时间冲刷它的苦涩，让风霜漂白它触目惊心的严酷。

　　好的家庭是会变形的镜片，能发生奇妙的折射。凸透使视物变大，凹透让东西变小。如果是愉快的源泉，哪怕只是夫妻间的一个手势、孩子捧出的一杯清水、远方朋友的一个问候、陌生人的一个祝福……都应透过放大镜，使它纤毫毕现、华光四射。让一朵杜鹃，蔓延出一片火红的山谷；让一个口哨，轰响成一部辉煌的乐章；从一片面包，憧憬今后日子的和美丰足；携一缕春风，扩展成融融暖意，铺满整个家庭空间。

　　如果是苦难和灾异，比如亲朋远逝、祸起萧墙、泰山压顶、骤雨狂风……降临的种种天灾人祸，经过家庭镜片的折射，都应竭力缩小它的规模——弱化压力的强度，软化尖锐的硬度，衰减振荡的烈度，压缩波及的范围，控制哀痛的伤害，减少作用的时间……让家人在家的庇护下安定心神，休养生息，疗治创口，积聚新力，重新敛起生活的勇气。

这是否是鸵鸟战术，一厢情愿？我想明晰的镜片和浑黄的沙砾有原则上的区别。无论喜讯还是噩耗，通过家庭镜片的折射，它们未曾消失，依然存在，改变的只是外界事物作用于我们的感觉。

放大欢乐、缩小痛苦，这就是幸福家庭的奇妙镜片功能。

婚姻的
四棱柱

人们谈论婚姻的频率，就像谈论坏天气。女人们凑到一处，更是三句话不离本行，家是女人永远的职业。若是在公园里看到掩面哭泣的女人，十有九成是为了爱情。

我是一个于恋爱婚姻上，没多少发言权的人。生平只谈了一次恋爱，就是目前的丈夫。截至今日，只结了一次婚，对象也是目前的丈夫。俗话说，实践出真知，见多识广，我是不合格产品。因此一遇到人们谈论恋爱婚姻，就像一个没去过美国的人不敢妄谈纽约，乖乖地缄口。但女友们反而更多地与我倾诉婚姻，因为我不吭声，就成了一只良好的耳朵。听啊听，无数的悲欢离合，把鼓膜震痛。理智很清醒，情绪却时时跟着起伏。好像是在看一出冗长的电视连续剧，结局虽早在意料中，还是会被哭泣的主角打动。

读者也常常写了信来，述说感情波澜。读的时候，经常被击中。有时又觉得它们不是写给我的，是落笔者写给自己的心灵。

每个人的故事都不同，但听得多了，看得多了，也渐渐地疲沓起来，或者说，是悟出了一点规律。常一听人说开头，就预测它的结尾，竟然也出奇的准了几回。于是就不自量力地想把婚姻归类，

也许是当过多年医生的习气作怪，竟然把婚姻也看成麻疹，好像能总结出几条临床症状，预测结局转归似的。

天下婚姻万千，开端总是几种模式。好像你要是得感冒，起因脱不了受凉或是传染。要是患了痢疾，便一定是病从口入了。

第一种模式，是莫逆之交

何为莫逆？字典上写的是：彼此情投意合，非常要好。顾名思义，"莫"是"没有"的意思，"逆"是"方向相反"的意思。莫逆之交是一个否定之否认，表示高度的协调与一致。

有人说，要是夫妻两个人，几十年都没有一点分歧，是不是太乏味，太枯燥？好像对着镜子中的自己，如影随形一辈子，会不会无聊至极？

这种揣测，乍一听很是有理。争吵好像是家庭的味精，矛盾仿佛黏合剂。很长一段时间内，我对相同必乏味的观点，人云亦云。后来一次出差，遇到一对老夫妇，他们温存而默契的眷恋，深深打动了我。与那些无时无刻都想显示幸福的年轻夫妇不同，他们宁静谦和，彼此一个手势一声叹息，对方都心领神会……他们的和谐，像一串老檀香木珠，隐隐地但是持久地散发着温馨的香气，让每一个看到这情景的人，心中叹息。我说，你们银婚金婚的，就真没红过脸吗？那是不是也太没意思了？

老翁说，我们有分歧的时候，但是不会吵架。人可以同自己争吵，但人不可以同一个如此深爱自己的人反目。

我们都有使对方冷静的能力。吵架不会使人感到生活有趣，只

会使人痛恨生活。生活的美好来自和谐与温暖。

我又对老妪说，你们一辈子不吵架，别人都不信呢。

老妪微笑着说，别说你们不信，就是我们自己也不信。当初我们结婚的时候，并没想到一生不吵架。但这么多年过去了，我们真的无架可吵。有一天，我对老伴说，咱们吵一架吧，尝尝吵架的滋味。他积极响应说，好啊，开始吧。于是我说，你先吵吧。他谦让说，还是你先吵吧。我们互相看着，谦让了半天，结果还是没吵成。想起来，好懊丧啊。

我说，哈！你们的经验是什么呢？让大家都学习一下多好。

老翁慢吞吞地说，这可能是学不来的。我们平时都不同别人说我们不吵架的事，那会惹人笑话，好像这么大岁数了还在说谎，因为天下夫妻几乎都吵架，大家都不相信世上有不吵架的夫妻。我们很幸福，可幸福不是展品，我不想让所有的人都传颂这件事。我只能告诉你，也许我们是一个例外，但莫逆之交的夫妻，一生从不吵架的夫妻，绝对存在。

那一刻，我好惭愧，觉得自己不知晦朔，不知春秋。我们可以没见过钻石，但我们不能否认，世上有这种硬度极高的宝贝，在旷野中闪烁。

第二种模式，是患难之交

它好像最具戏剧性，古时的公子落难，小姐搭救；才女风尘，名士救援……惊险与曲折，自是不必说了。到了现代，就演变成或是战斗负伤，或是打成右派，或是上山下乡，或是远走异地，或是

病体难支，或是飞来横祸……总之是一方遭遇大悲惨、大厄运，辗转于苦痛之中。另一方肝胆相照，鼎力相助，挽狂澜于既倒。于是爱的萌芽，就在这恶劣苦旱的土壤中滋生，掀开巨石，迎着风暴，绽开了绿的叶和红的花。

依我以前的印象，觉得这种开端的婚姻，是极稳固、极难得的。你想啊，大风大雨都闯过来了，在风和日丽的日子，岂不要收获加倍的幸福？没想到，许多惨痛的婚变，就蜷缩在这只涂满沧桑的旧匣子里。

究其原因，在于事件起始部分的不平等。婚姻这件事，最要紧的是脸对脸，心靠心。若有一方居高临下，就会埋伏畸变的导火索。当事人可能不自觉，但危险的种子已经种下。

大难当头的时候，人的正义感、怜悯心都会异乎寻常地发达起来，拔刀相助与见义勇为，仁爱之心与乐善好施，甚至母性与女儿性，大丈夫"我不下地狱谁下地狱"的豪情，都油然而生，像五颜六色的调味酒，依次倾入堆积冰块的苦难之杯。于是略带苦味但却莹光四射的命运鸡尾酒，在艰窘之中，由位置较好的一方，绚丽地调配成功，递了过来。那另一方，在孤独苦寂中，将自我的感激误认为爱情，初期出于理智而婉拒，最终抗拒不了凄凉与冷漠，依了人的本能，欣然接受，也是情理中的事。

双方痛饮混合了各种复杂成分的婚姻酒，醉一个酩酊。那些世界上最动人的山盟海誓，往往发生在此时。然岁月更迭，逆境不可能永远存在，当外界的压力解除，爱情脱尽附加的藩篱，以本真的面目凸显的时候，潜伏的阴影就膨胀了。一旦双方地位、学识、教养、门第……的卵石，在激流消退后的平滩上裸露出来，无情的舆论又像烈日，将石头晒得如火如荼，婚姻的危机就笼罩头顶。

况且，婚姻不是账本，旧话重提没有用，一方永远地施予，另一方总是赤字，心里就失去平衡。有些恩情，也如仇恨一般，太深重了，便无法报答，有时简直想一逃了事。不平等的婚姻，当跷跷板上位置低下的一方腾然升起的时候，双方能否寻找到新的支点，是婚姻继续的要素。患难是泥沙俱下的荒地，在那里寻到的爱情，绝非纯金精钢，还需顺境霹雳火的试炼。

所以，患难之交不但不保险，很可能是饱含危机的婚姻。你看古今中外多少愁云惨淡的故事，都产生于这类土壤，就可知它的曲折艰险。并非要人在难中不谈爱情，我只是想说，苦难不是婚姻的保单。假如你是跷跷板位置较高的一方，请做好位置颠覆后的准备。假如你是位置较低的一方，请扪心自问，天翻地覆之后，我能否忠诚依然？

假如回答都是不，不妨在患难中，对爱情三思而后行。

第三种模式，是一见钟情

与其说它属于社会学心理学范畴，我更愿意相信它在生理学中的地位。原本素不相识的男女，在毫无先兆的一见之下，迸出激烈的火花，从此如醉如痴，天地为之动容。朝思暮想，百计千方，不成眷属，终日寝食不安。有的学者对这种婚姻模式给予高度的评价，认为它是人类本性的爆发，无功利杂质掺入，纯真契合，地久天长。

我想，在那男女一见的瞬间，一定发生了一种我们目前的科学

孜孜
不倦地爱
与被爱

还不能完全解释的生理变化，大量的神秘物质分泌入血，年轻的机体，从瞳孔到心灵都感到极大的愉悦。这种物质以高度的愉悦，牵引着我们，操纵着我们，使我们不假思索地按照它凌驾一切的指令，决定了终身的伴侣。

对这种"惊鸿只一瞥，爱到死方休"的神秘过程，我不敢妄加揣测。私下里猜它的来源一定非常古老，是人类延续种族繁荣昌盛的钥匙之一。想那雌雄的相投，必无长远的卿卿我我，常常是电光火石的一瞬，成就了好事。一定有存在于基因的密令，操纵着冥冥中的结合。我想探究的是，作为高度发达创造了语言交流的人类，是否须对"一见定乾坤"的传统重新审视？那毕竟是一种非常状态，犹如飓风，无法天长地久陪伴我们。不知道在哪一天黎明，激情悄然离去，连个招呼也不打，剩下冷却到常温的男女相对无言。失却了神秘物质的激励和保护，以它为先导的婚姻，是否也将随风飘逝？

婚姻不是"一见"，是一世相守的千见万见亿见。钟情是否是永不疲劳的金属，始终保持着最初的弹性？一见钟情的质量，不在开头，而在结尾。它可有终身的保修期？

现在要说四棱柱的最后一面了——萍水相逢

这词一听，便让人生出凄凉漂泊之感。当人们谈论婚姻的双方，原是"萍水相逢"时，多的是无奈与宿命，还有些许的调侃，好像一只得来容易的旧履，不值得珍惜。

我们太轻慢了萍水啊。

何谓"萍"？那是一种随波荡漾的低等植物，淡淡绿绿，草芥一般。任何一抹风都可以将它拂了去，抛向远方，颇似普通人的命运。两朵浮萍，没有背景，没有根，被不知何处来的气流推着，无目的地漫游，怎的就撞到了一起？俗话说：相逢是缘，相守是分。为什么遭遇的是这一朵浮萍，而不是那一株水草？为什么碰撞在这一块水域，而不是那一方波涛？偶然的萍水相逢里头，藏着一个天大的必然缘分。

萍与萍之间，还有一个最大的优势，那就是平等。水平水平，天下没有比水更平坦的东西了。生在水里的植物，该是最懂得这道理。纵是不懂，水以天然的流动，也教会你懂。平等是一切婚姻的柱石，它不是一种有形的资产，却是长治久安的地平线。在平等的伞下缔结的爱情，少的是不着边际的浪漫，多的是同在一片蓝天下的理智。它们依傍于水，浮沉于水。雨打飘萍的时候，须同舟共济；水涨船高的时候，须荣辱不惊。需要磨合，需要考验，一个平淡的开端，未必不预示着一段肝胆相照的历史，象征着一个美满妥帖的结局。

萍水相逢和一见钟情，真是有些像呢。都是素昧平生，都是相约到老。千万不要把两者搞混啊。在开端的时候，它们像一对孪生姐妹，但女大十八变，渐渐地就有些质的分野了。一个是在瞬间爆炸，一个是徐徐地加温。

婚姻的本质更像是一种生长缓慢的植物，需要不断灌溉，加施肥料，修枝理叶，打杀害虫，才有持久的绿荫。

在婚姻的入口处，立着这根四棱的柱子，每一面雕刻着不同的

花纹，指示着不同的道路。每一个经过的男人女人，都按照自己的意愿，选择了一条入口。家庭就像单向的铁路，是没有回程票的。我们在婚姻的列车上，铿锵向前。在生命的终点站，有几多夫妇，手牵着手，从容出站？

第七辑

你要好好爱自己

美丽最好的朋友是幸福，

一个不幸福的女人是挂相的。

我们常常说某女人一脸苦相，

其实女子年轻的时候，

基本上都是天真烂漫的。

但是你去看中年妇女，

就能看出幸福和不幸福两大阵营。

让女人丑陋的根本原因

我有一个面目清秀的女友，多年没见，再相见时，吓了我一跳，一时间瞠目结舌，不知说什么好。她倒很平静，说，我变老了，是吧？我嗫嚅着说，我也老了。咱们都老了，岁月不饶人嘛！她苦笑了一下说，我不仅是变老了，更重要的是变丑了，对吧？

在这样犀利洞见的女子面前，你无法掩饰。我说，好像也不是丑，只是你和原来不一样了，好像换了一个人似的，整个面目都不同了。

她说，你不知道我的婚姻很不幸吗？

我说，知道一点。

她说，我告诉你一件事，一个不幸福的女人是挂相的。我们常常说，某女人一脸苦相。其实你到小姑娘那里看看，并没有多少女孩子就是这种相貌的。女子年轻的时候，基本上都是天真烂漫的。但是你去看中年妇女，就能看出幸福和不幸福两大阵营。

我说，生活是可以雕塑一个人的相貌的，这我知道。但是，好像也没有你说得这样绝对吧？

她坚持道，是这样的，不信你以后多留意。到了老年妇女那

里，差异就更大了。基本上就分为两类：一种是慈祥的，一种是狞恶的。我就是属于狞恶的那一种。

我不知如何接下茬儿，避重就轻说，不过，我们在照片上看到的老年人，都是慈祥的。

她说，对啊。那些不慈祥的，根本活不了太久。比如我，很可能早早就告别人世。

话说到这份儿上，我只好不再躲避。我说，那么你怎样看待自己的相貌变化？

她说，我之所以同你讲得这样肯定，就是从我自己身上得出的结论。因为我的婚姻不幸福，我又没有办法离婚，所以一直在怨恨和后悔中生活着、煎熬着。对着镜子，我一天天地发现自己变得尖刻和狞厉起来。当然，这不是一天发生的，别人看不出来，但我自己能够看出来。我用从自己身上得到的经验去看别人，竟是百分之百的准确……

我看着她，说不出话来。在这样透彻冷静的智慧面前，你只能沉默。

每当我想起她来，心中都漾过竹签扎进甲床般的痛。她所具有的智慧，是一种波光诡谲入木三分的聪明，犹如冰河中的一缕红绳，鲜艳地冻结在那里，却无法捆绑住任何东西。

我愿意把她的心得转述在这里。女人会不会因为心理不健康而变丑，我不敢打包票。因为心理不健康而导致身体上的病患，却是千真万确的。

为了不得病，为了不变丑，人们只有更多地让爱意充满心扉。

好女子
安然如猫，
又快乐如鹿

有人说现代的女子，比之于百年前我们的婆婆们太祖奶奶们，已是幸福得没边没沿了。那时裹脚的女子，她们的小脚被看似柔软的布摧残得惨不忍睹。很多女子的趾骨、跗骨干脆就是硬生生的骨折！

和那种惨烈相比，今朝的女子自然是幸福很多，起码我们的趾骨和跗骨都完整地趴在鞋子里，可以健步如飞。但是我们又有了新的责任和负担，还需不断向前。

好修为不是为了讨好别人，而是让自己处于平和和温暖的状态，然后才有心力关心别人，并看到问题的全貌。

好女子安然如猫，又欢快如鹿。有句话说，每一个女子都是误落人间的脱去翅膀的天使。要找到自己的翅膀，它们应该在我们坠落的时候，遗失在离我们不远的地方。

一个女人又美又和谐，又在做一件艰难而有意义的事情，想让人不喜欢都不可能，这就是某些女子动人心魄的原因。

女人们，如果想发出光芒，就向这个方向努力吧。

孜孜
不倦地爱
与被爱

淑女书女

　　假若除去经济的因素，比如想读书但无钱读书，天下的女人，可分成读书和不读书两大流派。

　　我说的读书，并不单单指曾经上过小学中学大学硕士博士，读过一本本的教材。严格地讲起来，教材不是书，好像司机的学驾驶和行车、厨师的红白案和刀功一样，是谋生的预备阶段，含有被迫操练的意味。

　　我说的读书，基本上也不包括报纸和杂志，虽然它们上面都印有字，按照国人"敬惜字纸"的传统，混进了书的大范畴。那些印刷品上，多是一些速朽的讯息，有着时尚和流行的诀窍。居家过日子的实用性是有的，但和书的真谛，还有些差异。

　　好书是沉淀岁月冲刷的沙金，很重，不耀眼，却有保存的价值。它是地球上曾经生活过的那些智慧的大脑，在永远逝去之前自立下的思维照片。最精华的念头，被文字浓缩了。好像一锅灼热久远的煲汤，濡养着后人的神经。

　　书对于女人的效力，不像睡眠。睡眠好的女人，容光焕发。失眠的女人，眼圈乌青。读书的女人和不读书的女人，在一天之内是

看不出来的。

书对于女人的效力，也不像美容食品。滋润得好的女人，驻颜有术；失养的女人，憔悴不堪。读书的女人和不读书的女人，在三个月之内，也是看不出来的。

日子是一天天地走，书要一页页地读。轻风朗月水滴石穿，一年几年一辈子地读下去。书就像微波，从内向外震荡着我们的心，徐徐地加热，精神分子的结构就改变了，成熟了，书的效力最终凸显出来。

读书的女人，更善于倾听。因为书训练了她们的耳朵，教会她们谦逊。知道这世上多聪慧明达的贤人，吸收即成长。

读书的女人，更乐于思考。因为书开阔了她们的眼界，拓展了原本纤细的胸怀。明白世态如币，有正面也有反面，一厢情愿只是幻想。

读书的女人，更勇于决断。因为书铺排了历史的进程，荟萃了英雄的业绩。懂得万事有得必有失，不再优柔寡断贻误战机。

读书的女人，更充满自信。因为书让她们明辨自己的长短，既不自大，也不自卑。既然伟人们也曾失意彷徨，我们尽可以跌倒了再爬起来，抖落尘灰再向前。

读书的女人，较少持续地沉沦悲苦，因为晓得天外有天乾坤很大；读书的女人，较少无望的孤独惆怅，因为书是她们招之即来永远不倦的朋友；读书的女人，较少怨天尤人孤芳自赏，因为书让她们牢记个体只是恒河沙粒沧海一粟；读书的女人，较少刻毒与卑劣，因为书中的光明，日积月累浸染着节操鞭挞着皮袍下的"小"……

"淑"字，温和善良美好之意。好书对于女人，是家乡的一方绿色水土。离了它，你自然也能活。但与书隔绝的日子，心无家园。半生过下来，女人就变得言语空虚眼神恍惚心地狭窄见识短浅了。

　　淑女必书女。

做自己
身体的朋友

　　每个人都居住在自己的身体里面，从一出生到最后的离世时刻。这在谁都是没有疑义的，但我们对自己的身体知道多少？

　　尤其是女性，我们的身体不但是最贴切最亲密的房子，对大多数女性来说，还是诞育人类后代最初的温室。我们怎能不爱护这一精妙绝伦的构造？

　　我认识一位女性朋友，患了严重的妇科疾患，到医院诊治。检查过后，医生很严肃地对她说，要进行一系列的治疗，这期间要停止夫妻生活。她听完之后，一言不发扭头就走。事后我惊讶地问她这是为什么？为何不珍惜自己的生命？她说，丈夫出差去了，马上要回家来。如果此刻开始接受治疗，丈夫回来享受不到夫妻生活，就会生气。所以，她只有不在乎自己的身体了。

　　那一刻，我大悲。

　　女人啊，你的身体究竟属于谁？

　　早年当医生时，我见过许多含辛茹苦的女人，直到病入膏肓，才第一次踏进医院的大门。看她满面菜色，疑有营养不良，问起家中的伙食，她却很得意地告诉你，一个月，买了多少鸡，多少蛋……听起来，餐桌上盘碗还不算太拮据。那时初出道，常常就轻易地把这话放过了。后来在老医生的教诲下，渐渐长了心眼，逢到这种时候，总要更细致地追问下去。这许多菜肴，吃到你嘴里的，究竟有多少呢？比如，一只鸡，你吃了哪块儿？鸡腿还是鸡翅？

答案往往令人心酸。持家的女人，多是把好饭好菜让给家人，自己打扫边角碎料。吃的是鸡肋，喝的是残汤。

还有更多的现代女性，在传媒广告绝色佳人的狂轰滥炸下，不满意自己身体的外形。嫌自己的腿不长，忽略了它最基本的功能是持重和行走。嫌自己的眼不大，淡忘了它最重要的作用是注视和辨别。嫌自己的皮肤不细白，漠视它最突出的贡献是抵御风霜。嫌自己的手指不纤长，忽视了它最卓越的表现是力量与技巧……于是她们自卑自惭之后，在商家的引导下，便用种种方式迫害自己的身体，以致美容毁了容、减肥丧了命的惨事，时有所闻。

我们的身体——这所我们居住的美轮美奂的宫殿，你可通晓它的图纸？有多少女人，是自己的"身体盲"？

以我一个做过医生的女性的眼光来看，一些有关女性身体的著作，做女人的，无论你多忙，也要抽空一读。或许正因为你非同寻常地忙，就更得一读。因为你的身体是你安身立命的资本。如果你连自己的身体都不懂不爱，你何谈洞察世事，爱他人爱世界？

爱不是一句空话。爱的基础是了解。你先得认识你的身体，听懂它特别对你发出的信号。明白它的坚忍和它的极限。你的身体是跟随你终身的好朋友，在它那里，居住着你自己的灵魂。如果它粉

碎了，你所有的理想都成了漂萍。身体是会报复每一个不爱惜不尊重它的人的。如果你浑浑噩噩地摧残它，它就会冷峻地给你一点颜色看。一旦它衰微了，你将丧失聪慧的智力和充沛的体力，难以自强自立于世。

我希望有更多的姐妹们，当然也希望先生们，来读读关于身体的书。它是我们每个人都享有的这座宫殿的导游图。

去学
女儿拳

家庭暴力的"暴"字，不知古文字学怎样讲，我从字形上，总是联想到男人对女人的凶恶。上书一个"日"字，为阳中至盛。下面一个"水"字，属阴中至柔。男人若凌驾于女人之上，没有平等，没有仁爱，暴力就随之滋长，疯狂蔓延。

我认识一位贤惠的女人，只因一点小事，被丈夫打得鼻青脸肿。那汉子一米八的个头，会使漂亮的左勾拳，呼呼生风，蒜钵大的拳头打在女人侧腰部，伤了肾，血尿持续了很久。

她让我帮拿个主意，我说离婚离婚！她说，孩子呢？我说看着父亲施暴，母亲受欺侮，孩子的心灵就正常吗？关于孩子问题我们反复商量，总算达成共识，完整并不是在一切情况下永远最好，真理比父亲更重要。

为了搞清楚离婚这件事，女人自学了法律专业的课程，由于是带着问题学，毕业的时候，不但成绩优异，在婚姻法方面，简直就是专家了。我再也没资格提什么建议或意见，女人已洞若观火。

艰难的问题是房子，远比孩子复杂得多。单位不会给女人栖身之所，只能从现有的单元中分割一屋。一想到要是离了婚，仍和那

孜孜
不倦地爱
与被爱

样的男人共居一方走廊，共进一间厨房，共使一个厕所，共用一把大门的钥匙……女人不寒而栗。

日子就这么一日日熬着，一月月拖着。我问，他还打你吗？女人长叹一口气，你知道杀人的人，一看见别人露出的脖子，手就发痒。打人也像杀人一样，有个戒。开了戒，就上了瘾，他经常用左拳在空气中挥出一道道风……

我看着她，说不出话。许久，我说，我能帮你的，就是家门永远向你敞开。无论半夜还是黎明，你随时都可以进来。

她说，我最怕的不是跑出家门之后，而是在家门里面。打的时候，我恐惧极了。蜷成一团挨打，除了刚开始，感觉不到疼。只是想，我就要被打死，大脑很快就麻木了。只记得抱头，我不能被打傻，那样，谁给我的孩子做饭呢？

我说，你这时赶快说点顺从的话给他听，好汉不吃眼前亏。抓紧时间抽冷子往外跑，大声地喊"救命啊"！

她说，你没有挨过打，你不知道，那种形势下，无论女人说什么，男人都会越打越起劲，打人打疯了，根本不把女人当人。

凶残的家庭暴力！

我以为家庭暴力最卑劣最残酷的特征是——在家庭内部，赤裸裸地完全凭借体力上的优势，人性泯灭，野性膨胀。肆意倚强欺弱，野蛮血腥践踏他人权利。或者说，暴力的施行者，根本就没有进化到文明人类，是两脚之兽。

由于妇女和儿童在体力上的弱势，他们常常是家庭暴力最广泛最惨重的受害者。

朋友还在度日如年地过着，我不知道怎样帮她。一天，突然在报上看到一条招生广告，新开武术班，教授自由散打、擒拿格斗，还有拳理拳经十八般武艺……

我马上拿起了电话，既然没有房子离婚，既然没有庇护所栖身，既然生命被人威胁，既然权利横遭践踏，女人应该学会自卫，让我们去学女儿拳！当暴力降临的时候，为我们赢得宝贵的时间，以求正义和法律的保护。

致被强暴的女人

　　在我的书案上，摆着一封女人的来信。当我撕开它的时候，心境像往日一般平和。在阅读的过程中，那些纸片像火焰一样抖动起来，炙痛了我的双眼。

　　这是一个五十二岁的女人，十年前她被一个男人强暴未遂，但心理留下了重创。这些年间，以泪洗面，两次自杀，以致精神分裂。她的家庭也受到种种伤害，悲惨已极……

　　倾听这样一位凄苦姐妹的呼救，我仰天长叹沉思良久。

　　对于那个肇事者，法律和纪律已经做出了应有的裁决。阅读了有关的文件，我以为它们是公正的。

　　我知道这位女人，还远远不是遭受此种凌辱的最甚者，更有许多悲愤的灵魂，在暗中哭泣。她们流出的不是眼泪而是心头的鲜血。

　　作为女人，我们从小就有一种深深的恐惧，那就是被人强暴。这恐惧像空气一样追随着我们，直到女人们垂下苍白头颅的那一天。

　　假如被人强暴，女人啊，我们该如何面对厄运？

在中国古老的烈女集锦里，所有的女人在被人强暴后，都以自身寻死告终。被强暴就是失却了贞节，这奇耻大辱唯有女人以生命相抵，才可在人间留下一份清白。

斗转星移，今天的时代不同了。没有人要求被强暴的女人以一死而谢天下，但女人们在这自天而降的灾变之后，依然辗转于无尽的苦难之中。

对于腐败一定要严加鞭挞，对于罪犯一定要施以峻法。我对这种丑恶的性侵犯的男人，报以刻骨铭心的仇恨。

即使将其中的罪大恶极者凌迟，被强暴的女人依然是被强暴过，这是一个无法改写的事实。

女人们，我们该怎么办？

不要怨天尤人，不要自暴自弃。

不要在流言面前退缩，不要在众人面前低下高昂的头颅。

我们无罪，我们无辜。

不要像一盘旧磁带，总去回首那屈辱惨淡的一瞬。不要像痛失孩子的祥林嫂，逢人便悲切地复诵苦难。

不要靠旁人的叹息以安慰自己受伤的心灵，不要以暴烈的自戕来证实性格的刚正。

不要为这一朵阴云，从此暗淡了原属于我们的明媚的天空。不要为这一束荆棘，从此不再求索开满鲜花的草原。

强暴可以玷污我们的身体，强暴不可折服我们的意志。

强暴可以使我们一时万念俱灰，强暴却不能使一个坚强的女性自此一蹶不振。强暴是一场悲哀的天灾人祸，有经验的老农蹲在田埂上，哭泣一阵，歇息一阵，拍拍身上的泥土，擦擦手中的农具，

孜孜
不倦地爱
与被爱

向远处望上一眼，他们又继续耕耘了。

假如我们被强暴，在做完惩治凶犯的一切工作之后，拭干泪水，让我们重新开始。

丢掉有关那一刻所有的记忆，让我们像新生的婴儿一般坦荡。烧毁目睹我们灾难的旧衣服，让痛苦的往事一同化为飞烟。取清凉的山泉自头顶浇下，洗涤我们每一根如丝的长发。挑选一件更美丽的裙衫，穿上它快步行走在如织的人流中。

对生活中美好的事物，被强暴过的女人依旧可以发出真诚的微笑。

对生活中黑暗的角落，被强暴过的女人依旧可以发出强烈的谴责。

女人被强暴，是生命的记录上一处被他人涂抹的墨迹。轻轻擦去就是了，我们的生命依然晶莹如玉，洁白无瑕。强暴是发生于刹那间的地震，我们需要久久地修复。但女性生命的绿色，必将覆盖惨淡的废墟。

让我们振作起来，面对强暴以及所有人为的灾难。这世上没有任何一种力量，可以强暴女性不屈的精神。

女神
在人间

　　活女神庙在加德满都老王宫广场附近，外表并不起眼，外墙是斑驳的白色，有两头褪了色的石狮安静地守护着不大的木门。进得门去，仿佛精美的木雕艺术馆。天井深深的小院，四周墙壁和门窗是近乎赭色的浅红，栩栩如生的雕刻，证明这里曾倾泻无数工匠的时间和心血，木头中沉淀的是信仰和虔诚。由此可见当年的加德满都河谷是怎样的富足和安康。若没有足够的财富和心境，人们怎能如此耐心地把普通的木头雕刻成千姿百态的女神宫殿。

　　活女神只在下午四点出现一分钟。时间到了，我死盯着那扇高高在上的雕有精美纹饰的窗口，不见丝毫动静。

　　"是不是我们的表快了呢？"我悄声问导游。

　　导游说："你不能用要求普通人的标准要求女神。她是神，而你是凡人。她什么时候想见你，就什么时候见你。你不能有怨言。"

　　终于，库玛里女神出现了。她是那么小啊，小到如果在幼儿园，只能上中班。如同一滴饱满的金红色露珠，精致而毫无瑕疵地闪现出来，稍纵即逝。她有着粗栅栏一样长的睫毛，眼睛下方用黑色炭条笔画出极粗大的眼线，向上勾勒而起，如鸟翼一般飞扬延伸

到太阳穴两侧。直插入鬓角。眼睛非常之大，几乎到了骇人听闻的地步。在她的额头中央，是一大片状似银杏叶子的火红色，中间描画一枚巨大的黑眼珠，周围包绕着金色的眼睑，这就是有着黑色瞳孔的第三只眼，名为"火眼"。不知这和中国传说中的火眼金睛是否有关呢？女神面无表情，目光毫无焦点地平视着，仿佛看到的不是眼前的世界，而是天国的晨曦。她冷静超然地享受膜拜，瞬忽之后，断然隐去。

这位活女神，是 2008 年 7 月才当选的，眼下估计最多也就四五岁的样子。说起库玛里女神，有很多传说。据说两百多年前，国王和女神塔莱珠玩游戏，女神一心一意地玩，国王却动了春心，垂涎女神的美貌，起了邪念。女神岂如凡人家的弱女子被人戏耍？看出了国王的痴迷，她一怒之下返回天庭，再不庇护尼泊尔。于是，原本美丽富足的国家，从此灾祸不断。国王悔之莫及，不断忏悔。女神告知国王，如果想再见到她，就要到民间寻找。她会化身一位释迦族女孩，重返人间。

神圣的库玛里女神并不是世袭，而是一届届地从尼泊尔普通幼女中挑选出来的。入选的小女孩，要满足三十二个吉祥特征。比如从未生过病、流过血，身上没有任何斑点，脖子要像贝壳般发亮，身体要像菩提树一样挺拔，睫毛像母牛的睫毛般浓密，腿像鹿儿般笔直，眼睛和头发必须黑得发亮，手和脚必须修长漂亮……最后一环听起来令人恐惧——把幼弱的女童在半夜时分关在庙宇的大殿内，她的身旁放着宰杀后鲜血淋淋的水牛头、骷髅头，扮演恶魔的人戴着恐怖面具四下出没……面对着这种漆黑一团中发出种种怪异响声的恐吓，面无惧色从容自若的女孩，便是女神的化身。

当上女神之后，这孩子便离开了平凡的世俗生活，断裂了正常的人生轨迹，在庄严寂寞的宫殿里，开始她荣耀而孤独的生涯。

成为活女神库玛里，对于女孩来说是偶然的，但她被贬谪的命运又是必然的。活女神的退位，来自于她身体的出血。即使是在严密保护之下，到了少女青春萌动期，初潮也会来临。身体发育完善那一天，也就是她黯然退位的那一天。女性发育期越来越早，女神的任期也越来越短。早年间可以坚持到十四岁，现在也许才十二岁就要下野了。小小年纪就退休的女神，换上平民的素服，回归普普通通的邻家女孩，生活立即变得真实而残酷。由于几乎没有读过书，再加上长期与社会脱节，她没有知识，不懂人际间的交流，难以面对巨大的落差。尼泊尔的传统观念认为，任何男子只要与前任库玛里结婚，六个月内就会死于咳血。于是大多数库玛里孤苦地度过余生，终身未嫁。

一位尼泊尔朋友拿出女儿的照片，我们都惊呼小姑娘太漂亮了。有人说："如果现任库玛里退位了，又要从民间选新的女神，你愿意把女儿的资料交上去吗？"

他说："如果当上了女神，我就不能天天见到她了，她也不自由啊！还是在普通人家做普通女孩吧。"

孜孜
不倦地爱
与被爱

问女
应几佳

　　某次承蒙权威机构信任，聘我担当评选某年度十佳人物的评委。仪式相当正规，差额选举，候选人有三十名，也就是说，最后只有三分之一的人士能够当选。除了放映每个候选人三分钟的录像资料以外，还要候选人当场演说，给评委们以更直观的印象。

　　在这样的规则之下，评选气氛显得凝重和庄严。我看到全部候选人端坐会场，面容紧张。但我马上变得比所有的候选人都更紧张。因为我发现了一个令人震惊的问题——女性仅占全部候选人的十分之一！我立即翻阅了有关资料，最后悲哀地确定：在三十名候选人当中，女性只有三名。

　　也就是说，如果按照这个比例当选的话，十佳之中，女性只占一佳。我不知道有关部门在确定候选人名单的时候，心中是否就已经有了这样一个悬殊的比例，但普通民众很可能看到的就是这样一个畸形的结果。有心人会发现在各种表彰当中，性别比例严重失调，总是向男性方向一边倒，女性稀少。我第一次发觉这个怪事，是报上登载的"见义勇为标兵"，其中九名男性一名女性。虽顿生诧异，转而暗想，也许女性因为体力的弱小和外出机遇的差别，与歹徒搏斗或是扑灭山火这样的壮举比较少，才出现了这般显著的差异。以后开始注意这个问题，才意识到情况绝非偶然。在"十佳青年""十佳劳模""十佳职工"等评选中，留给女性的常常只有十分之一的份额。

甚至，连"再就业明星"这样的评选中，女性的比例也是十分之一，真令人大惑不解。众所周知，在裁员和下岗的风潮中，劳动女性首当其冲，她们承担了经济改革中很大的成本和风险，她们在困境中不断地挣扎和奋斗，取得了悲壮和绚烂的成就。但即使在这样用泪水和血汗铺设的领域里，女性的业绩被肯定和彰显的仍然少得可怜。我不信，偌大的一个中国，就评选不出更多几名的女性，成为新时代的楷模？！只能说在某些制定规则的人那里，头脑中凝固着一个不成文的框框——女性的平均水准低下，和男性相比，她们永远是配角，难登大雅之堂。

会场上，我思前想后，最后写了一张纸条，辗转传到会议主席手里，要求一个三分钟的特别发言。我看到了主席的惊讶和迟疑。是的，何时投票何时唱票，会议都有严谨到几时几分的议程，一个社会评委插的什么杠子？感谢他的信任，在片刻的斟酌之后，主席很温和地答复，您有什么意见要讲吗？请说吧，座席上有麦克风。我说，我的意见很重要，所以，我想站到主席台上讲。

我走到主席台上，面对着所有的评委和三十名候选人说：我要拉票。为一个处于弱势的性别拉票。男女平等是写在我们党和国家的纲领中的，是我们的国策。新中国成立已经半个世纪了，中国的女性已经有了长足的进步。在这样一个面向全民的表彰当中，女性只占十分之一的份额，我觉得是不公平的。我期待着今后的评比，

从候选人的推荐开始，就要给女性以机遇，再不要出现九比一的差异。具体到这一次的评选，因为已来不及推荐新人，我希望评委们能把自己的一票，投给女性候选人。即使她们全部当选，也只占百分之三十，仍然是少数，而榜样的力量是无穷的。

那一天的评选结果，十佳中有两名女性当选。主席很诚恳地对我说，谢谢您的发言，让我们的失误有所弥补。我说，期待着你们的工作，给女性以光明，给性别以平等，给社会以公正，给明天以祝福。

斟酌
"风之堡"

海外一家著名的汽车制造商，要把一款新颖的高级小客车打入大陆市场，邀了各界人士，给即将面世的新车起个一触即发的名字。

落座之后，四面一瞅，社会学家、心理学家、语言学家……人才济济。我乃滥竽，对于起名这样事关重大的活儿，一向逃之夭夭。不瞒人说，连我儿子的大名，都是先生所起，因为一是懒得动脑，二是怕负责任，恐他长大了不喜欢，上溯追究。但我对未知事物，多感兴趣，很想知道他人是怎样从事命名工作的，加上此次乃集体出主意想办法，与个人无甚干系，所以踊跃参加了。

组织者事先已分发了该款车的图片与资料，开会后，演示录像带，宣读一系列的数据……我于车很外行，视听感官的结果综合起来是：车很漂亮，很结实，能装进一个班的人去野炊。

按照约定，与会的每一个人，都要给车起出五个以上的名字，汇总后以备选择。对于这道作业，我嗑了半天牙花子。那车的英文发音很单纯，实在衍变不出犹如"可口可乐""奔驰"这般色艺俱全的名称。技穷之下，索性抛了音的羁绊，另起炉灶，写出一排臆

致孜
不倦地爱
与被爱

造的名字。横看竖看，犹如春末老农论堆卖的小菠菜，虽然不珍贵，倒是自产自销。

邀请人把大伙儿起的名字拢到一块儿，打乱顺序后发给与会者。这样每个人就在白纸上，看到了未来那辆车的几十个名字，有点儿"女儿未长成，夫婿已千家"的感觉。

接下来的程序是，每个人从整体名单中，把自己最看好的十名选出来，像填选票一般交上去，再由邀请者按得票顺序排出名单，一一展示给大家，由人评头品足。

程序说起来拗口，操作起来很简便。组织者每次出示一张纸卡，问：各位看到这个名称以后，第一感觉如何？有没有不良联想？

那形式有些像低年级语文老师提问全班同学，只是语气谦恭诚恳。被征询者也不清楚那名字谁家发明，不必顾忌脸面，均从各自角度畅所欲言。

有一名称"功碑"，大家说，不好不好。一种车，叫什么"碑"，容易引起不幸想象。再说啦，念起来，如同"弓背"，让人觉得脊梁伸不直，憋屈得很。于是该名称被打入冷宫。

一名称叫"旺而旺"，多人说符合国民心理，喊起来也嘹亮。我斗胆当了一回反对派，说，请你们把此名大叫三遍，是不是有一种乡村狗的感觉？大家一笑作罢。

我起的一个名字，被毫不迟疑地否决了。它叫"九鼎"，本想寓意宽阔沉稳，牢不可破。众人说，一个小客车，叫这么个一字千钧的名字，还开得动吗？我很惭愧自家思维偏窄，幸好谁都不知我是始作俑者，脸也不必红。

我起的另一个名字"风之堡"，荣幸地进入决选圈。邀请者说它高雅经典，有欧陆情怀。风中的城堡，顾名思义，既风驰电掣又古老坚固。

好不容易选完，大家刚有些松气，没想到邀请者庄重地说，还有最后一个问题，希望各位专家学者仔细斟酌，就是未来车入选的各个名称，有没有性别歧视的意味？比如"风之堡"？

我愣了一下，紧接着就是一种会意和感动。这家海外的制造商，关注到了占人口一半的这一弱小性别的眼光和利益，尊重她们的意志和情感，是文明和进步的象征。

到会的所有人员，都严肃起来，专心地审视着"风之堡"这几个字。

我认为，没有性别歧视的意味在内。社会学家说。

我以为，也没有。语言学家说。

你要好好爱自己。

这话来自一句叮嘱。最早向我们说起它的人，可能是我们的父母，可能是我们的师友，可能是我们的恋人爱人……

他们也许会一而再再而三地说，冷了要添衣，热了要洗脸。不要熬夜，不要一忙就忘了吃饭。要和大家伙儿搞好关系，要对得起自己的良心……要早睡早起……

如果从来没有人对你说起过这些絮絮叨叨啰啰唆唆的话，那你的童年和少年加上青年时期，孤寂荒凉。你未曾被人捧在手心，极少承接过温情。

不过，这没什么了不起的。因为无论别人怎样对你说过这些话，说过多少次，都是身外之物。话音终将袅袅远去，要紧的是——你要自己对自己说这句话——你要好好爱自己。在纷杂人间的清朗月夜，你要耳语般但无比坚定地对自己说。

好好爱自己，是简单朴素的常识。可是这世上有多少人，能够懂得能够记住能够做到呢？

放眼四周，谬爱种种。

有人年轻时不顾死活拼命挣钱，预备给自己年老的时候可以肆意享乐，放开一搏。他们以为这就是爱自己。

有人以为给自己的胃填进过多的食物，让罕见的山珍野味把肚腹撑得两眼翻白，这就是爱自己了。

有人以为在手腕上箍住名表，在颈项间悬挂重磅的金饰，这就是爱自己了。

有人以为把身体安置在一个庞大的屋舍内，再用很多名牌将自己掩埋，这就是爱自己了。

有人以为把自己的腿最大限度地闲置起来，抵达任何一个地方都由汽油和钢铁代步，这就是爱自己了。

有人让自己的外貌和自己的内脏年龄不相符，让面容在层层化妆品的粉饰下，显出不合时宜的嫩相。严重者不惜刀兵相见大胆斧正自我，甚至可以将腿骨敲断以求延展下肢增加身高，以为这样就是狠狠地爱自己了。

有人以为让自己的身体委曲求全，和不爱的人肌肤相亲，以换得衣食无忧甚至纸醉金迷，这就是爱自己了。

有人以为让嘴巴说言不由衷之话，让表情肌做不发自内心的谄媚之态，让双膝弯曲，让目光羞于见人，这都是爱自己。

实际情况恰恰相反，以上诸等，皆是对不起自己，害了自己。

爱自己是需要理由的。我们的爱要想持之以恒，先要明白自己究竟是谁。

最明确的结论是——自己首先是一个身体。这个身体结构精巧，机能完善，高度发达，精美绝伦。千百万年进化的水流，将身体打磨成健全而温润的宝石。

大脑的功用是思考，而不是他人任意抛洒塑料袋的垃圾场。凡事用自己的脑袋想一想，做出最合乎理性的决定，这就是对自己的脑袋好。

眼睛要看洁净美好之物，看出潜在的危险，找到安全方向。眼睛还有小小的癖好，爱看草木的绿色和天空的湛蓝，爱看书本和笑靥。满足它的愿望，非礼勿视，这就是对眼睛好。

鼻子希望呼吸到清新的空气，闻到花香，不喜欢密不通风的腐朽之气和穹顶之下皆是雾霾。让它远离这样的环境，才是对鼻子的爱惜。

嘴巴希望讲的都是发自内心的真话，摄入到富有营养的本色食品，而不是混杂三聚氰胺和地沟油的伪劣食物。不说口是心非的谎言，嘴唇上翘，嘴巴就微笑了。

双手希望能通过自己的劳动创造出美好生活的物质基础，而不是去扒窃抢劫和杀戮。这就是手的幸运了。

我们的脏腑希望它能劳逸结合，不要总是爆满，不要连轴转。要有张有弛劳逸结合。不要被塞进太多赘物，不要无端地损耗它们的能量。

颈椎希望能不时地扬起头，舒展它弯曲的弧度，而不是终日保持一个僵硬的姿势，以至于每一节间隙都缩窄，过度摩擦增生长出骨刺。

脊骨希望自己能够庄严地挺直，快乐向前。这不但是生理的需要，也是心理的需要。一个卑躬屈膝的人，谈不上尊严。而没有尊严的人，不会好好对待自己。因为他看不起自己，以为自己只是蝼蚁之物。

我们的肩膀，希望能担负一定的担子。不要太轻，那样就失去了肩负的责任。也不能太重，超过了负荷，肩周就会发炎。

双脚，希望坚稳地站立在大地之上。那种为了显示自己比实际高度更高的内外增高鞋，骨子里是虐待双脚的刑具。

我们的双腿，希望能在正当的道路上挺进。时而可以疾跑，时而可以漫步，时而可以暂停，倾听婉转莺啼。

我们的皮肤，希望能顺畅地呼吸，而不是被厚厚的脂粉糊满，戴一张石灰盔甲。

我们的头发，希望按照它的本来面目，风中舒展。黑就是黑，白就是白，黄就是黄。而不是像鸡毛掸子似的五颜六色，被反复弯曲和拉直，好像它是多变的小人。

我们的心脏，希望匀速地跳动。运动的时候可以适时加快，睡眠的时候可以轻柔缓舒。需要拍案而起的时候，它可以剧烈搏动，以输出更多的血液，支撑我们怒发冲冠的豪气。千钧一发的时刻，它可以气壮山河地泵出极多血液，以提供给我们叱咤风云顶天立地的力量。

还有性腺和内分泌系统。爱惜它们就要善待它们。它们给我们以繁衍的基础，并伴以美妙的喜悦。不要为了得到感官的兴奋，就无限度地驱使它们。那种竭泽而渔的疯狂，失去的不仅仅是快乐，还有生命力的枯竭。

我惊叹人体的奥秘，大自然是何等慷慨地把最伟大的恩赐降临于我们身体之内。身体的每一个细枝末节，都遵循颇有深意的蓝图而构建起来并完整地传承，兢兢业业一丝不苟。

只有爱自己的人，才有可能爱别人。一屋不扫，何以扫天下？

一个不爱自己的人，断不会心细如发地爱别人。爱己爱人都是一种能量，它不是与生俱来，而是通过感知和模仿，通过领悟和学习，才慢慢积聚起来，直至蔚然成风。这世上有太多的人，不爱自己，第一个证据就是他们成了身体的叛徒。他们视身体是一团与己无关的肮脏抹布。女子会委身于不爱的人，只是为了换取利益和金钱。她们将身体弃如敝屣，任它污浊与破旧。男人们将身体与意志隔绝开来，全然不顾身体的叹息与呻吟，将其逼至崩溃的边缘，甚至无视道德和法律，追索感官的极度放纵。

所有人的身体，都理应洁净而温暖。不仅儿童和青年圣美，中老年人的身体也依旧是和煦与高贵的。纵使曾经被侮辱与损害，自有负罪之人为之承责，身体是无辜的。那些以为只有童子才清爽、处女才芬芳的念头，来自人性的无知和男权的霸道。

不过，这并不是好好爱自己的全部。在身体里，还有无比尊贵的主宰，那就是我们的灵魂。

爱惜灵魂，是好好爱自己的最高阶段。

有人说灵魂有二十一克重，说在死亡的那一瞬间，灵魂会飞向天空。我不知道这个说法是否科学，但我相信在美好的身体里，一定安住着同样精彩的灵魂。它是人类最优秀的价值观之总和，是我们瞭望世界的支点。它凝聚了人类所信仰、所尊崇、所畏惧和所仰视的一切，在肉体之上，放射明亮光芒，穿透风雨迷蒙照耀着引导着我们。

如果这一世，你能爱惜身体珍重灵魂，那么从这个港口出发，你会成为一个身心平和的幸福小舟，一步步安然向前，驶入珍爱他人、珍爱万物、珍爱世界的宽广大海。

第八辑

幸福在暗淡中
降临

幸福盲如同色盲，
把绚烂的世界还原成了模糊的黑白照片。
拭亮你幸福的瞳孔吧，
你就会看到被潜藏、被遮掩、被混淆的
幸福如美人鱼一般从深海中浮现，
哺育着我们。

幸福的
七种颜色

托尔斯泰老人家说，幸福的家庭都是相似的，唯有不幸的家庭各有各的不幸。我当过多年的心理医生，觉得不幸的家庭都是相似的，唯有幸福的家庭却是各有各的不同。

你可能要说，这不是成心和托尔斯泰抬杠嘛！我还没有落到那种无事生非的地步。你想啊，只有香甜的味道，才可反复品尝，才能添加更多的美味在其中，让味蕾快乐起舞。比如椰蓉，比如可可，比如奶油……丰富的层次会让你觉得生活美好万象更新。如果那底味已是巨咸巨苦巨涩，任你再搁进多少冰糖多少香料，都顷刻消解。那难耐难忍的味道，依然所向披靡，让你除了干呕，再无良策。

早年间我在西藏阿里当兵，冬天大雪封山，零下几十度的严寒，断绝了一切和外界的联系。我们每日除了工作，就是望着雪山冰川发呆。有一天，闲坐的女孩子们突然争论起来，求证一片黄连素的苦，可以平衡多少葡萄糖的甜？（由此可见，我们已多么百无聊赖！）一派说，大约五百毫升百分之五的葡萄糖就可以中和苦味了。另外一派说，估计不灵，五百毫升葡萄糖是可以的，只是浓度

要提高，起码提到百分之十，甚至百分之二十五……争执不下，最后决定实地测查。那时候，我们是卫生员，葡萄糖和黄连素乃手到擒来之物，说试就试。方案很简单，把一片黄连素用药钵细细磨碎了，先泡在百分之五浓度的葡萄糖水里，大家分别来尝尝，若是不苦了，就算找到答案了。要是还苦，就继续向溶液里添加高浓度的葡萄糖，直到不苦了为止，然后计算比例。临到实验开始，我突然有些许不安。虽然小女兵们利用工作之便，搞到这两种药品都不费吹灰之力，但藏北距离内地，山路迢迢，关山重重，物品运送到阿里不容易啊，不应这样为了自己的好奇暴殄天物。黄连碎末混入到葡萄糖液里，整整一瓶原本可以输入血管救死扶伤的营养液就报废了。至于黄连素，虽不是特别宝贵的东西，能省也省着点吧。我说，咱缩减一下量，黄连素只用四分之一片，葡萄糖液也只用四分之一瓶，行不行呢？

我是班长，大家挺尊重我的意见的，说好啊。有人想起前两天有一瓶葡萄糖，里面漂了个小黑点，不知道是什么杂物，不敢输入到病人身体里面，现在用来做苦甜之战的试验品，也算废物利用了。

试验开始。四分之一片没有包裹糖衣的黄连素被碾成粉末（记得操作这一步骤的时候，搅动得四周空气都是苦的），兑到一百二十五毫升的百分之五的葡萄糖水中。那个最先提出以这个浓度就可消解黄连之苦的女孩，率先用舌头舔了舔已经变成黄色的液体。她是这一比例的倡导者，大家怕她就算觉得微苦，也要装出不苦的样子，损伤试验的公正性，将信将疑地盯着她的脸色。没想到她大口吐着唾沫，连连叫着，苦死了，你们千万不要来试，赶紧往里面兑糖……我们为自己以小人之心度君子之腹感到羞惭，拿起高浓度的糖就往黄水里倒，然后又推举一个人来尝。这回试验者不停地咳嗽，咧着嘴巴吐着舌头说，太苦了，啥都别说了，兑糖吧……那一天，循环往复的场景就是——女孩子们不断地往小半瓶微黄的液体里兑着葡萄糖，然后伸出舌尖来舔，顷刻抽搐着脸，大叫"苦啊苦啊"……

直到糖水已经浓到了几乎要拉出黏丝，那液体还是只需一滴，就会苦得让人寒战。试验到此被迫告停，好奇的女兵们到底也没有求证出多少葡萄糖能够中和黄连的苦味。大家意犹未尽，又试着把整片的黄连泡进剩下的半瓶里去，趁着黄连还没有融化，一口吞下，看看结果若何。这一次，很快得到证明，没有融化的黄连之苦，还是可以忍受的。

把这个试验一步步说出来，真是无聊至极。不过，它也让我体会到，即使你一生中一定会邂逅黄连，比如生活强有力地非要赐予你极困窘的境遇，比如你遭逢危及生命的重患，必得要用黄连解救，比如……你都可以毫无惧色地吞咽黄连。毕竟，黄连是一味良药啊！只是，千万不要人为地将黄连碾碎，再细细品尝，敝帚自珍地长久回味。太多的人，习惯珍藏苦难，甚至以此自傲和自虐。这种对苦难的持久迷恋和品尝，会毒化你的感官，会损伤你对美好生活的精细体察，还会让你歧视没有经受过苦难的人。这些就是苦难的副作用。苦的力量比甜的力量要强大得多。不要把黄连掰碎，不要让它丝丝入扣地嵌入我们的生活。

欣喜是
自酿的

第一次认得"酿"这个字时，它和"酝"肩并肩，相依为命。不过跟在它们俩身后的，是"会议"和"人选"这样正襟危坐的词。所以，我觉得"酝酿"是很严肃的行为。

后来才知道，酝酿本是家常事情。"酝"的繁体字，偏旁还是"酉"，只是右边为"温暖"的"温"字之一半，意思就是温热和暖。"酿"的繁体字，左边也还是"酉"，右边是个"襄"字，指的是包裹容纳之意。这两个字连在一起，描述的是在谷物中放置酵曲，让谷物慢慢发酵的过程。只要静候的时间足够长，原本的粮食就会因曲种不同，变成酒、酱油、醋、干酱等不同成品。"酝酿"如同一根金手指，探入谷物之后，让原粮成了脱胎换骨的妙品。

比如，红葡萄酒和葡萄是大不同的，虽然它们还羞涩地保留着一脉相承的殷红。

黄豆和豆瓣酱也分道扬镳了，虽然它们都还保存着某些破损的豆瓣。

醋和它的前身就更南辕北辙了：洁净的透明米醋有得道成仙的飘逸，它粗糙的前身像池塘中的泥。

酝酿就是如此惊绝，时间与曲种合谋，下凡的谷物开始升华，自此酿泉为酒，积微成著，点石成金。

曹操除了金戈铁马可歌可泣，还会酿酒，他呈给献帝的酿酒秘方，从用曲多少用稻多少，到何日渍曲几日一酿，都说得条理分明，甚至给酿得不成功的酒指出了一条洗心革面之路——"若以九酝苦难饮，增为十酿"，即可变成好酒，能够甘饮了。

古代的知识女性卓文君也是会酿酒的：靠自己双手劳作酿出的美酒，一时间竟成了私奔之后司马相如小饭店的招牌。

现代的女人男人，很少会酝酿之法。葡萄酒是在酒厂制造的，酱油是在酱油厂生产的，醋是在醋厂完成的。我们荒疏了很多本领，以为万物都是从超市的货架上诞生的。

我有个朋友是红酒庄的品酒师。我在他那里速成过红酒的知识，为了让自己写小说描绘贵族晚宴的时候不至于露怯。他耐心讲解，希望我能成材，谆谆讲解多次之后，进入了验收阶段。

他拿出"酒鼻子"，考察我的长进。

"酒鼻子"这名字说起来凡俗，实则是一种来自法国的专业品酒鉴赏工具。它把葡萄酒的香气收集起来，制成类似标本的小瓶子，包含了葡萄酒中常见的七十八种典型气味，共分为五十四香味系列，十二浊味系列和十二橡木系列。水果、花卉、树木、草本、香科、动物等味道无不囊括其中。比如荔枝、黑醋栗、松露、胡椒、烤杏仁等八竿子扑不着的气味，在"酒鼻子"里都占据一席之地。

合格的品酒师，要能准确地说出各种气味的名称。

当我成功地把"酒鼻子"中的某一果香，说成是"柿子椒味"

之后，品酒师以绅士的绝望表达了对我的遗弃。

不过，我可没有以怨报德地放弃他。某年夏天，我的一位朋友送来了一大篓优质葡萄，晶莹欲滴，紫霜盖顶，我以为他从花果山归来。

非常好的葡萄。猴王汗水涔涔地说。

是啊是啊。我频频点头。然后为难地说，这么多，怎么吃得完?

把它们冻起来。寒冬腊月时，拿出一粒，往嘴里一扔，嘎嘣脆，你可以咂摸出夏秋的味道。猴王说。

我下意识地托了托腮，琢磨我的槽牙可经得住这般乍暖还寒?

不管怎么说，我表示了衷心的感谢。猴王走后，我给能想得起的亲朋打电话，约好送葡萄的时间：整整奔波一天，所余葡萄之量仍是惊人。

我给绅士品酒师打电话说，我要送您一些上好的葡萄。

给我送葡萄，有点像给渔民送蛤蜊。酒绅士回答。

但是，我的葡萄太多了，放下去会坏掉，暴殄天物啊! 我真有点急了。

那您可以把它们酿成葡萄酒。酒绅士说。

酿……酒? 完全不会。我茫然。

酿酒并不难，从前几乎所有的女人都会酿酒，我把要领教给您，网上也有攻略。您只需准备一些干净的玻璃容器就行了。酒绅士轻描淡写。

在送无可送的危急情况下，为了挽救葡萄，只有学学酿酒。

哪儿能有酒曲? 我突然想到这一极重要的问题。

如果您是专业的酿酒工厂，当然需要酒曲。但您在家里试着酿这么一点葡萄，可以不用酒曲。酒绅士说。

　　本来我就是生手，再没有酒曲，这不还没启动就意味着完全失败吗？我气急败坏，觉得这酒绅士草菅人命。哦，确切地说，是草菅葡萄命。

　　酒绅士说，您的葡萄上可有一层白霜似的东西？

　　我说，有。

　　酒绅士说，这正是天然野生的酵母菌。您只要在清洗葡萄的时候不要把它们一网打尽，等上一段时间，它们就能自动把葡萄发酵成酒了。

　　我半信半疑，说，就这么简单？

　　酒绅士说，是的。您想想，最初的葡萄酒一定是自然发酵的，那时候，哪里有现成的酒曲呢？请相信大自然。

　　我仍不死心，在网上搜索了一下"酒曲"。结果是酿糯米酒的曲种好买，酿葡萄酒的曲种只供批发，起批点足够发酵一吨葡萄。我这一堆命运多舛的葡萄，只有仰仗大自然的馈赠了。

　　按照酒绅士的指示，我把葡萄洗净晾干（保留了葡萄上的白霜，并对它们寄予厚望），然后带上一次性手套，将葡萄一一捏碎。看着猩红的汁液鲜血般淌入干净的玻璃容器中，心中像农妇般祈祷——葡萄啊葡萄，请你快快变成酒！

　　之后的每一天，我几乎每个小时都去张望酝酿中的葡萄，看它们在粉身碎骨之后如何踏上涅槃之路。

　　葡萄们开始发泡膨胀，紫色的皮和灰白的籽向上浮动，在表面形成痂皮，臃肿而纷杂，简直和腐朽的垃圾差不多。我向酒绅士悲

孜孜
不倦地爱
与被爱

哀地报告，他毫不惊诧地说，这是发酵的正常过程，酒酵母正在把葡萄中的糖分化为酒精，少安毋躁，慢慢等待。

简短截说，在大约十几天的煎熬之后，我终于发现盛放葡萄的容器中不再向上翻涌气泡，渐渐安静下来，汁液趋向澄清。

您可以过滤它们。酒绅士遥控。

过滤之后，葡萄汁女大十八变，居然有了葡萄酒的模样。

我向酒绅士报告喜讯，他仍旧是淡然的，说，好啊。

我说下一步呢？

他说，您可以把它们斟入酒杯，品尝一下。

我有点诚惶诚恐，斟进酒杯的时候，居然有轻微的紧张。之后，我喝到了自己酿出的葡萄酒，清爽甘甜。

那一瞬，我吐着舌头呆住了。我一直认为我把葡萄酿坏是理所当然的，倒是这不可思议的简单平顺之成功，令人愕然。

我立马向酒绅士报喜，他并没有我这般兴奋，只是说，您赶快把过滤完的酒汁，用五十摄氏度加热蒸一下。记住啊，温度既不能过高，也不能过低。之后，满瓶、密封、低温、避光保存。存储不得超过半年就得喝完。

我说，为什么？

他说，防止酒变成醋。

我说，酒是酒醋是醋，两者怎么会混淆？

酒绅士说，它们相隔并不远。在天然酵母菌存在的地方，也有天然醋酸菌存在，发酵完成之时，酵母菌就被自己生成的酒精杀死了，但醋酸菌还能继续存活。

我放下电话，思忖的结果是决定背弃老师：我想看到"酝酿"

的全过程。一天过后，酒果真开始发酸。最初是若有若无的轻柔酸气，几天之后，就势不可当地变成了彻头彻尾的醋。

我向酒绅士报告我的最终产品。他沉吟了一下说，已经变成醋的酒，是没有任何方法复原的。果醋也是葡萄的升华。

实事求是地说，葡萄醋味道不错，冰过之后兑水喝，有秋天的清香。

小口喝着自酿的葡萄醋，不知怎的联想到了幸福。幸福并不是与生俱来的，就像如果不经过酿造，葡萄和酒并不等同。对于幸福的把握，需要学习，需要等待，需要时间和努力。很多人以为幸福和外部介入有关系，就像我以为酿酒一定要有酒曲，要有外力的促发。这个外来的介入物，要么是一笔偶然财富，要么是一个天降奇迹，要么是巧遇了一位贵人或是追求到一个爱人，要么是误打误撞莫名其妙的好运……

毋庸讳言，外界当然是有一些益于幸福发酵的颗粒存在，就像需要购买的酒曲。但请注意，好运气并不直接等同于幸福。每天做白日梦般期待外在的福祉，是年轻时很容易陷入的盲区。

请向一颗葡萄学习，它本身就携带着野生的酵母菌，一旦时机成熟，就会发酵成新的生命。人世间的俗常生活，也蕴藏着天然的幸福因子，白霜般黏结在生活的缝隙中。这就是我们对人世间的善良期望，是我们坚守勤劳的信念，是我们的真诚和友爱，是我们的努力和慈悲。只要有了这些，即使没有外来的助力，一样能创造出属于自己的幸福，需要的只是时间和持之以恒。这就是酝酿幸福的过程。

由于自己的不慎，导致了不幸时，我们常常会说——谁谁自己酿出了一杯苦酒。是不是可以反过来说，幸福也是自己酿的呢？有葡萄在，就有野生的酵母菌在，有生活在，就有天然的幸福因子在。只要努力，葡萄和我们都有希望走向升华。

自卑情绪
是幸福的
最大敌人

有一种天然的感觉，伴随我们一生。有人说那是爱，其实不是。爱不是天生就具备的品德，是需要学习的。一个刚刚出生的婴儿，并不懂得爱，但他感到了自卑。哭声就是自卑的旗帜，那是对寒冷（相比于母体内的恒温）、对孤独（相比于母体内的依傍）的第一声惊恐的告白，也是被迫独立生活的宣言。这个景象挺有象征意义。人在强大的自然规律面前，没有法子不自卑。但是，人又不能被自卑打倒，人就是在同自卑的抗争中成长壮大起来的。

可以说，自卑是幸福的最大敌人。道理很简单，一个人若是时时事事都沉浸在自卑中，那他如何还能享受幸福？

所以，人不要被自卑打垮，而是要超越自卑。咱们先来找找自卑的反义词是什么。我小时候，很喜欢"找反义词"这类题目，在寻找中，你对原本的那个词有了更深入的了解，就像黑和白站在一起，一定显出黑的更黑、白的更白。只有在黑暗中，你才能看到所有的光。如果黑和灰站在一起，就容易混淆。

自卑的反义词是自信。自卑和自信，都有一个"自"，就是"自己"的意思。那么，自己对待自己，有什么不同呢？自卑的人，自己看不起自己；自信的人，自己相信自己。从这里人手，我们就找到了自卑和自信最显著的分水岭，那就是，一事当前，自信的人说，我能做这件事；自卑的人会说，我办不成这件事。

面对一生，自信的人说：我能成为理想中那样的人，我要掌握自己的命运。

自卑的人会说：我不能成为自己想成为的那样的人，我只能随波逐流，被外力摆布。

"自卑"这个词，平日里大家说得很多，但究竟什么是自卑呢？自卑有哪些表现呢？自卑为什么会成为幸福的大敌呢？

简言之，自卑就是有关自我的消极信念，并影响了成长。

记得儿时读过《好兵帅克》这部小说，里面有个人物，特别喜欢求本溯源。比如他说到窗户，就要说窗户是木头做的，他马上就会接下来解释，木头是树木，那树木又是从哪里来的呢？它们来自森林……现在我们谈到自卑，多少也陷入了这种论证的漫长小径。有点儿啰唆，请原谅。

自卑的人，充满了对自己的不良观念和不适宜的评价。自卑的要害是——自我否定。看看"否"这个字，"口"上面是个"不"字，一个人一张口就吐出"不"来。人是需要说"不"的，不知道说"不"的人，一生太辛劳，完全丧失了自我。但是，如果一个人一辈子说"不"太多，尤其是对自己总是说"不"，那就成了大问题。

最详细地论证了自卑这种情绪的是个体心理学的创始人阿德勒，他发现了一个自卑情结。

阿德勒是一位奥地利精神病学家，被称为"现代自我心理学之父"。他于1870年出生在维也纳的一个商人家庭，排行老二，家境

孜孜不倦地爱与被爱

富裕，家人都很喜欢音乐，按说这是一个丰衣足食的幸福环境，可是，童年的阿德勒一点儿也不快乐。为什么呢？原因来自他的亲哥哥。两人虽是一母所生，但哥哥高大健壮，活蹦乱跳，人见人爱，阿德勒却自小体弱多病，还是个驼背。他五岁那年又生了一场大病，更让他身材矮小、面容丑陋。好在阿德勒很聪明，后来他考入大学，毕业后当了医生。由于自身的残疾，1907 年他发表了有关由身体缺陷引发自卑的论文，从此声名大噪。他不赞成弗洛伊德的性决定论，强调社会文化因素在人格形成和发展中的决定性作用。他的主要观点是：追求卓越是人类动机的核心，而如何追求卓越，则取决于每个人独特的生活风格。追求卓越是一种天生的内驱力，使人力图成为一个没有缺陷的人、一个完善的人。人总是有缺陷的，由于身体或其他原因引发的自卑，能摧毁一个人，使人自甘堕落或得精神病，另一方面，它还能使人发愤图强，力求振作，以弥补自己的缺点。

比如说，古代希腊的戴蒙斯·赛因斯（德摩斯梯尼），小时候患有口吃，可他迎难而上，刻苦锻炼，最后成了著名的演说家。美国的罗斯福，患有小儿麻痹症，但他最终成为美国总统。尼采身体羸弱，他就研究权力哲学，成了一代大哲学家。

分泌幸福的"内吗啡"

我曾看过一则新闻：英国有家报社，向社会有奖征答"谁是最幸福的人"，然后排出第一种最幸福的人，是妈妈给孩子洗完澡、怀抱着婴儿；第二种最幸福的人，是医生治好了病人并目送他远去；第三种最幸福的人，是孩子在海滩上筑起了沙堡；备选答案是，作家写完了著作的最后一个字，放下笔的那一瞬间。

看完这则不很引人注目的报道，那一瞬间，我真的像被子弹打中一样，感到极度震惊——这四种状况都曾集于我一身，但是，我没有感觉到幸福！

我为什么没有幸福感？有了这个问号后，我就去观察周围的人。这才发现，有幸福感的人是如此之少。有一年，我拿出贺卡看了看，结果发现最多的是"祝你幸福"。这可能是中国人的集体无意识，所以才会觉得是永远的吉祥话。

可是，幸福的本质是什么东西呢？

日本春山茂雄博士《脑内革命》一书说，当我们感知幸福的时候，其实是生理在分泌一种内吗啡，即幸福感是体内内吗啡的分泌。从罂粟里提炼的吗啡是毒品，它的魔力正是在于它的分子结构

模拟了生理基础上的内吗啡，让你体验到一种伪装的、模拟的快乐。当你觉得真正快乐的时候，例如接到大学录取通知书时，如果去抽血查验体内的生化水平，你的内吗啡水平是增高的。

据春山茂雄研究，人体内吗啡的分泌，和马斯洛"需要层次"的金字塔理论惊人吻合：吃饭能带来愉悦，人在生理基础上是快乐的；然后，在实现安全、爱和尊严的需要的过程中，伴随着更大量内吗啡的分泌，让你感知自己的幸福；最重要的是，当你完成自我实现的时候，内吗啡就到达非常高的水平，远远超出吃饭带来的幸福感。

这种生理和心理的结合，使我觉得，能够体验到幸福感，是一个需要训练、感知且不断提高的过程，因为幸福不是与生俱来的。

我觉得世界上的幸福，首先来自一个坚定的信念。

我常去高校和大学生交流，给我最多的感觉是，他们面临一个非常重要的问题——人生观的确立和价值观的走向，即人为什么活着。

经常有媒体采访我的心理咨询中心，最喜欢提的问题是："咨询最多的问题是什么？"我说，心理咨询室这张米黄色的沙发如若有知，一定会一次次地听到来访者在问："我为什么活着？"我觉得人是追索意义的动物，尤其是年轻人，都曾经无数次地叩问过这个问题。

以前，我们喜欢用灌输式的方法，从小将主义、理想或目标灌输给孩子，希望能够在他心中扎下根，成为他一生的坐标。可我现在发现，一个人的目标，一定需要他自己经过艰苦的摸索，然后在心理结构里确立下来，否则，无论我们多么用心良苦、谆谆教导，它真的只是一个外部的东西。

其实，每个人都早早地确立了一生的目标，因为它原本已存在于你的内心：从童年经验开始，你所热爱、尊敬、向往、要为之奋斗的东西，其实早已植根于心里，只不过被许多世俗的东西、繁杂的外界所影响，甚至被遮蔽了。当一个人开始有意识地关注自己的心理健康，那是在清理他的心理结构，然后明白心中取得最主打作用的架构和体系。

我曾在一所非常好的大学做讲座，台下有学生递纸条说："毕老师，我想问问你，我年轻貌美，又有这么好的大学文凭，要是不找一个大款把自己嫁了，我是不是浪费了资源？"我想，在大学生寻找目标的迷茫过程中，能够有这种朋友式的探讨，是特别重要的。

另外，我觉得自我形象的定位，是幸福感来源非常重要的一部分。

在大学生自我形象的构建里，有一部分是他们的"出身"（阶层）：他们从各种阶层突然聚合到一起，大学虽是个相对小的、封闭的环境，却也是整个社会的缩影，因此，如何看待自己不可选择的出身阶层，这是自我形象非常重要的部分。另外一部分是他们的学业，包括学习的能力、智商的能力、人际交往的能力等，可归为自己奋斗来的部分。

然而，还有特别重要的一部分，就是外在条件——长相。

我曾在一所大学做关于自我形象、自我认知的讲座，请台下的学生回答：你们有谁曾经为自己的长相自卑？结果齐刷刷地举手——所有的人都自卑！

孜孜
不倦地爱
与被爱

我当时一下子不知该如何反应：没料到当代年轻人在相貌问题上，居然有如此大的压力。

后来，我悄悄问一位女生，问她为自己相貌的哪一点自卑，我实在找不着——她身材窈窕、黑发如瀑、明眸皓齿、肤如凝脂，真的是美女。

她说，我有一颗牙齿长得不好看。

我说，哪颗牙齿？

她说，第六颗牙齿。

我说，谢谢你告诉我，否则站在对面看你一百年，我也看不见你那颗牙齿不好。

她说，你不知道，可是我知道。我不敢笑，从来都是抿着嘴只露出两颗牙齿。同学都说我多"冷"、多高傲，其实，我只是怕人看到第六颗牙齿。男生追求我的时候，我就想，我一颗牙齿不好他还追求我，肯定是别有用心，于是放弃了好几个条件很好的男生。

我觉得，当一个人不能接纳自己，不能和自己友好地相处的时候，他就不能和别人友好地相处。因为，他对自己都那么百般挑剔、那样苛刻，又怎能和别人有真诚的、良好的沟通与关系？

其实，我挺欣赏基督教里的说法：接受你不可改变的那一部分。我们可以列一列，像出身的阶层、长相及缺陷，这些是我们不可改变的，而我们能够去修炼、弥补和提高的，就是我们可改变的那一部分。

面对一个我们不可改变的东西，该如何对待它，每个人的答案是不一样的，而这个不一样的答案，却可能深刻地影响我们的一生。比如，一个人认为他丑，就认定自己完全会不幸福了，觉得他既然这么丑，有什么权利得到幸福。一个人说他很贫寒，为什么别人可以含着银汤匙出生，而他却含着草根出生？

面对种种不平等，我常跟年轻人说，不平等是社会有机的一部分，而让它变得更为平等，是你义不容辞的责任之一。

首先，你要丢掉幻想，坦然接纳不公平、巨大的差异或先天不良。然后，对于自己可改变的部分，你就要细细地分析，找出自己的优缺点，是优点就让它更好，是缺点就要去弥补，尤其要突出优点，把自己光彩照人的方面表达出来。因为中国文化特别容易告诉你哪里不行，生怕你忘了自己的缺点，而你有什么优点，告诉你的人可不太多，所以要坦然接受自己的优点，将它发扬光大。

心理咨询中心来过一位留英硕士，月薪十二万元，可他将自己说得一无是处，弄得我都心酸。我才知道，一个人接不接纳自己，其实不在于外在的条件，也不在于世俗的评判标准，而完全在于他内心框架的衡量。

我通常咨询完了不会给谁留作业，但那天我说，我给你留个作业：下星期来见我之前，你要写出自己的十五条优点。

他快晕过去了，说，我怎么能找到十五条优点呢？至多也就找出一两条。这个世界上，可能只有您相信我还有优点，我父母就不相信我有优点，所有人都不相信我有优点！

我说，你老板起码相信你有优点吧，否则怎会出月薪十二万元雇你？

他突然在这个事实面前愣了半天，然后说，噢，那我试试看。

所以我觉得，应该去认识自己的长处，将它发扬光大，去接纳那些不可改变的东西。当你能够坦然地面对自己的时候，其实也就

孜孜不倦地爱与被爱

可以坦然地面对世界——放下包袱后，你才可以轻装前进。

费尔巴哈说过："你的第一责任是使你自己幸福。你自己幸福了，你也就能使别人幸福，因为，幸福的人愿意在自己周围只看到幸福的人。"

常常听到有人说，他不幸福，希望别人给他幸福。我想，这就是他不幸福的根源。

幸福和
不幸永在

我不认为幸福与科学有什么成比例的关系，也就是说，它们分属于两个系统：一个是情感的范畴，属于精神的领域；一个是物质的范畴，属于无生命的领域（这样划分不严谨，对生命科学有点不敬，请原谅。我说的生命指的是变幻万千的活体感觉）。在科学产生之前很久，幸福就存在于我们的感知之中。后来科学出现了，但幸福感并没有出现相应的增长，它们是两股道上跑的车，虽然有的时候轨道会发生小小的交叉。

我相信在原始人那里，远在科学的胚胎还裹于子夜的黑暗襁褓中之时，幸福就顽强地莅临刀耕火种的山洞。证据之一就是，那个时候的人快乐地唱歌和跳舞，还创造出玄妙的神话和精美的文字。你不能说在通红的篝火旁手舞足蹈的那些裸人不知道什么是幸福。如果谁硬要这么说，以为只有现代人方知晓和享受幸福，因而看不起我们的祖先，那倘若不是出于无知，就是赤裸的现代沙文主义。

在某种物质十分匮乏的时候，当它一旦出现，可能会在短暂的时间内帮助引发幸福的感觉。比如，一名男子十分思念热恋中的女友，如果在古代，他只有骑上一匹马，在草原上驰骋三天三夜才能

一睹女友的芳颜。当他看到女友眸子的那一瞬，我相信荡漾在他内心的感觉，就是幸福。如今，当同样的思念袭来的时候，他可以买上一张机票，两个小时之后就平安到达上海。当看到女友眸子的那一瞬，我相信他的幸福感同样强烈和震撼。

我们可以简单地说，飞机是和科学有重要关联的物件。因此，好像科学帮助了幸福。但接下来的问题是，这种幸福感是来源于马匹还是飞机？是草原上的风抑或是空中的白云？我想，可能众说纷纭。即便问当事人，也会有不同的答案。会有人说，幸福当然与马匹和飞机有关了。如果没有马匹和飞机，这对相爱的恋人如何聚到一起？从马匹到飞机，这就是科技的进步和力量，使幸福的感觉提前出现，并变得比以前要省事容易。

我不同意这种意见。理由很简单，马匹和飞机只是这个人通往幸福的工具，而非幸福的理由和必然。在那架飞机上有很多乘客，有的人是例行公事，有的人还可能是奔丧。幸福和飞机的翅膀无关，只和当事人的心情有关。幸福是一种心灵深层的感觉，在最初的温饱和生殖的快感解决之后，它主要来源于人的精神体系的满足。

我知道我的观点可能会遭到很多人的质疑。比如有人会说，当你患病的时候，突然有了特效的药品，难道你和你的亲人不浮现出幸福的感觉吗？这死里逃生的光芒难道不是直接来源于科学的太阳吗？

我当过很多年的医生，我知道科技的进步对生命的延续是怎样的重要和宝贵。但生命延续的本身并不一定达至幸福的彼岸。生命只是幸福感得以附丽的温床，生命本身是一个中性的存在。它是既可以涂写痛苦也可以泼洒快乐的一幅白绢。当病人和他的家属为某种特效药喜极而泣的时候，那种幸福的感觉主要源自骨肉间的深情。如果没有这种生死相依的情感，任何药物都无法发动快乐和幸福的过山车。

科学使粮食的产量增高，但这个世界上依然有吃不饱的穷人。既然引发贫困的源头不是科学，那么由贫穷所导致的痛苦，也不是科学的创可贴所能抚平的。科学使交通工具的速度更快，人们可以更迅捷地从甲地到乙地。但时间的缩短和幸福的产出，并不呈正相关。君不见朝夕相处近在咫尺的夫妻，往往并不充溢幸福，而是满怀深仇？科学使人类升上太空，得以了解遥远的宇宙发生的变化。但我看到一位宇航员的回忆录说，他在太空中最深刻的想念是——回到地球。科学发现了原子能巨大的力量，但核武器的堆积，把人类推到了亘古未有的悬祸之中。科学延长了老年人的生命，但如果没有亲情的滋润和生存的尊严，这份延长的时间便与幸福毫不相干。

科学提供了产生幸福的新的机遇，但科学并不导致幸福的必然出现。我看到国外的一份心理学家的报告，说在地铁卖唱为生的流浪者和千万富翁对于幸福的感知频率与强度，几乎是一样的。当一个人晚饭没有着落的时候，一个好心人给的汉堡就能给他带来幸福的感觉。但千万富翁就丧失了得到这份幸福的缘分。幸福是不嫌贫爱富的，我们至今没有办法确知某一种情况将必然导致幸福，同样，也无法确认某一种情况将必然导致不幸。

妈妈看到婴儿的出生，想来是天下的大幸福。但对于一个未婚母亲或是遭夫遗弃的妻子来说，这幸福的强度就可能要打折扣。生

命消失之际按说和幸福不搭界，但我确实听到过一个人在他生命垂危之际，说他很幸福——这个人就是我的父亲。这是他所给予我的最宝贵的精神财富之一，令我知道即使是面对永恒的消失，人也可以满怀幸福地沉稳走去。

　　说到这儿，离科学就有些远了，而是和人性有了更多的链接。科学要发展，人性要完善，幸福和不幸永在。

幸福盲

　　若干年前，看过报道，西方某都市的报纸，面向社会征集"谁是世界上最幸福的人"这个题目的答案。来稿很踊跃，各界人士纷纷应答。报社组织了权威的评审团，在纷纭的答案中进行遴选和投票，最后得出了三个答案。因为众口难调，意见无法统一，还保留了一个备选答案。

　　按照投票者的多寡和权威们的意见，报纸发布了"谁是世界上最幸福的人"的答案。记得大致顺序是这样的：

　　一. 给病人做完了一例成功手术，目送病人出院的医生。

　　二. 给孩子刚刚洗完澡，怀抱婴儿面带微笑的母亲。

　　三. 在海滩上筑起了一座沙堡，望着自己的劳动成果的顽童。

　　备选的答案是：写完了小说最后一个字的作家。

　　消息入眼，我的第一个反应是仿佛被人在眼睛上抹了辣椒油，呛而且痛，继而十分怀疑它的真实性。这可能吗？不是什么人闲来无事，搞出来博人一笑的恶作剧吧？我还有几分惶惑和恼怒，在心扉最深处是震惊和不知所措。

　　也许有人说，我没看出这则消息有什么不对头的啊。再说，这

正是大多数人对幸福的理解，不算别有用心或是哗众取宠啊！是的是的，我都明白，可心中还是惶惶不安。当我静下心来，细细梳理思绪，才明白自己当时的反应是一种深入骨髓的悲哀，原来我是一个幸福盲。

为什么呢？说来惭愧，答案中的四种情况在某种程度上我都经历过。我是一个母亲，给婴儿洗澡的事几乎是早年间每日的必修课。我曾是一名医生，给很多病人做过手术，目送着治愈了的病人走出医院大门的情形也经历过无数次了。儿时调皮，虽然没在海滩上筑过繁复的沙堡（这条能入选大概和那个国家四面环水有关），但在附近建筑工地的沙堆上挖个洞穴藏个"宝贝"之类的工程，肯定是干过。另外，在看到上述消息的时候，我已发表过几篇作品，因此那个在备选答案中占据一席之地的"作家完成最后一个字"之感，也有幸体验过了。

我集这几种公众认为幸福的状态于一身，可我不曾感到幸福，这真是莫名其妙而又痛苦的事情。我发觉自己出了问题，不是小问题，是大问题，这个问题如果不解决，我所有的努力和奋斗犹如沙上建塔。从最乐观的角度来说，即使是对别人有所帮助，但我本人依然是不开心的。我哀伤地承认，我是一个幸福盲。

我要改变这种情况，我要对自己的幸福负责。从那时起，我开始审视自己对于幸福的把握和感知，我训练自己对于幸福的敏感。我像一个自幼被封闭在洞穴中的人，在七彩光下学着辨析青草和艳花、朗月和白云。我体会到了那些被黑暗囚禁的盲人，手术后打开遮眼的纱布的感觉。那份诧异和惊喜，那份东张西望的雀跃和喜极而泣的泪水，是多么自然而然。

哲人说过，生活中缺少的不是美，而是发现美的目光。让我们模仿一下他的话：生活中也不缺少幸福，只是缺少发现幸福的眼光。幸福盲如同色盲，把绚烂的世界还原成了模糊的黑白照片。拭亮你幸福的瞳孔吧，你就会看到被潜藏、被遮掩、被混淆的幸福如美人鱼一般从深海中浮现，哺育着我们。

恰到好处的幸福

　　我学医生涯的开端颇为惊悚。根本就不懂任何医学知识的新兵到了西藏边防部队，卫生科长对我们说，给你们每人分一个老卫生员为师，让他先教你们打针，然后穿上白大褂就能上班了。

　　我觉得这不像学医，像学木匠。我师傅是个胖胖的老卫生员，说他老，大约也只有二十岁出头吧，但对十六七岁的我们来说，已足够沧桑。他找来一个塑料的人体小模型，用粗壮的食指在那人的屁股上画了个虚拟的"十"字，然后说：打针的时候，针头扎在臀部这个十字的外上四分之一处，不然容易伤了神经。伤了，下肢就会瘫痪。

　　很可怕。我点点头，说记住了，屁股的外上四分之一。

　　老卫生员说，从此你不能说屁股，说臀部。

　　我像鹦鹉一样重复：臀部臀部。

　　老卫生员又说，记住消毒的步骤，先是百分之二碘酒，再是百分之七十五酒精。棉球要涂同心圆，不能像刷油漆似的乱抹。

　　我说，记得啦！

　　老卫生员又说，考考你。酒精要用多少度的？

孜孜
不倦地爱
与被爱

我说，百分之七十五。

他说，那么，百分之八十的行不行呢？

我暗自揣摩，百分之七十五一定是能达到消毒目的的最低标准。藏北山高路远，所用物资千里迢迢地运来，使用一定力求节省。所以，问题的答案不言而喻。

我说，百分之八十行。

老兵的面容很平静，继续问，那么，百分之九十的酒精怎么样？

我说，那当然也行。

老兵说，百分之百呢？

我说，肯定更好啦！只是那样太浪费了。

老兵被高原紫外线晒成紫色的脸庞，变成棕黑色，说，错啦！百分之七十五的酒精可以破坏细菌的膜，药水渗入到内里去，整个细菌就被杀死了。浓度更高的酒精，飞快地把细菌外膜凝固了，就像砌起一道墙，反倒阻止了药液进一步浸透到细菌内部，杀不死细菌。有些东西，并不是越浓越好，要恰到好处。

那一天，我记住了"臀部"和"恰到好处"。

我到国外某机构参观，辉煌大厅中竖立着金字的企业精神，其中有一条，叫作"合理期望"。

我说，这一条有点特别。一般都会更励志一些，比如"崇高期望"云云。

陪同人员解答，这是我们的创始人尊崇的原则。期望并不是越高越好，而是要恰到好处。期望太高了，达不到，就会心生怨恨和沮丧，长久以往，就会丧失信心。期望太低了，没有动力和目标，得过且过，也会让人萎靡不振。所以，合理的期望，是一种正确评估，在愿望和实际情况之间，找到最佳的平衡点。

在那一瞬，我向后回忆想到了酒精，向前展望想到了幸福。

酒精的浓度不能太高，过了那个最佳值，结果就适得其反。幸福也是一样，切不要贪得无厌。

有些人，把目光瞄向自己目力所及的享受最高等级处。某种机缘看到了好房子，就设想以后能在这屋结婚生子。看到豪华的车，就设想能开着这车呼朋引类风驰电掣。看到人家的高职务，就发愿我以后要比他升得更高。看到别人的娇妻，就想我的伴侣定要倾国倾城。看到人家狂发美食图片，暗自发誓有一天我将吃龙肝凤髓并昭告天下。知道寿星活了九十岁，就渴慕自己赶超一百岁……

凡此等等，皆为不合理期望。

且不说把这些物质形态和外在指标当成幸福与否的指标是否明智，单说目光如此之高，便有违"恰到好处"这一原则。

房子完全不需要那么大，够用即可。太大了，就算你有那个银两买下来，也是暴殄天物。地球资源有限，你为什么要享用那么多的地盘，剥夺了他人的空间？

食品完全不必那么精益求精，因为它的主要功能是为我们的机体提供营养，只要洁净并能够供给身体的需求即可。太稀缺惊险的食材，太复杂劳烦的烹制方法，太考究并故弄玄虚的进食环境，都是不可取的。它们所附着的是炫耀高阶层的沾沾自喜，而这些，恰好和幸福朴素温暖的宗旨不相容。

配偶不必求国色天香出人头地，倘若价值观相同，彼此说得来

话，相互喜欢，就是神仙伴侣。

职务这件事儿，和你能力有一定的关联，但也和局面与关系牵连，并不是单纯凭着努力就一定达到目的，高下也没有绝对的公平。刨去坏人，这世界上的能人很多，自己做不到那个位置，让别人来做，未必就一定不妥。僧多粥少的事情，为何非要收入你囊中？

车子主要是代步工具，不必把它看成是硕大的勋章或是族徽，彰显财力不可一世。那不是幸福的氛围，而是自卑的秽气沿街抛洒。

至于活多久，这可是含有天机的秘密、你不可胜天，不要太狂狷。况且生死并不是胜败与否的决斗，只是无尽长河中的一环。泰然相向，生命之高下并不决定于绵长或短暂，更在于丰美和深邃。

身体健康也不必求全，就算体检表上有了向上或是向下的小箭头，我们也可以适时纠正。实在纠正不了，从容逝去就是。幸福是思想的花朵，和身体器官是否无懈可击，并不相关。

恰到好处，是一种哲学和艺术的结晶体。它代表的豁达和淡然，是幸福门前的长廊，轻轻走过它，你就可以拍打幸福的门环。

跋·在世界尽头等你

那年我四岁，被父母送到一家设施优良的幼儿园整托，每两个星期才可以回家一次。幼儿园组织孩子们到外面游泳，于是我有了生平第一个证件，上面贴着一张小照片。

我原来并不是特别喜爱这张照片，虽然可能因为师傅的摄影技术不错，50年代前后，这个平常的小姑娘，在北京新街口附近的白雪影厅的橱窗里，孤独地待过很长时间。不喜欢的缘由是觉得照片上的孩子有些忧郁。我虽然常常忧郁，但我想远离忧郁，我希望自己快乐。

后来在北师大心理系读研究生，我就把这张照片找出来，放在书桌旁。

比起四十年前的那个孩子，我已沧海桑田面目全非。照片上的每一颗牙齿都已换过，每一寸肌肤都已更迭，每一分骨骼都已生长，每一根头发都曾脱落又萌发，甚至连血液都已轮转过多少遍了。依我的医学知识，知道人全身的血液，每隔一段时间就会彻底更新一遭。

但我确知那个孩子还在，她的大脑还在，记忆还在，顽强地在天地间思索。通过学习使我明白了，我们所有的童年经验，都深深地刻印在记忆库中，像一张独一无二的、信息量极大的光盘。它虽沾满灰尘，但用清水一洗，便丝丝入扣。早年的情形，会在某一个鬼使神差的时刻，在脑屏幕上清晰顽强地闪

现。长大后的我们，内心仍保有一个婴儿、一个幼儿、一个少年的影子和情感，我们是从他们的躯体那里走来的，往昔的经验栩栩如生。只是它通常潜伏着，在暗中向今日的灵魂挥舞着手帕。

我无法确切回忆起，当年白雪摄影厅的照相镜头，对准童年的我的那一瞬，那个女孩在想什么。但我相信她和今天的我，有一种简明而快捷的感应。我有时在电脑上写得疲倦了，会望着相片上的她微笑。在那种时刻，不知为什么，有一种巨大的感动，充溢肺腑。

我在想：是否那个小女孩当年就晓得，她会在十七岁的时候，奔赴雪山，会在行医二十年以后，脱下白衣开始写作？会经历很多痛苦和磨炼，很多快乐和惆怅？所以，她才如此忧郁而期望地瞅着这个世界？

我会在凝视中对着照片上的她说，你知道吗？在你生命中所认识的所有人当中，我是唯一永远不会离你而去的人。而且，我会尽一切力量和你一道勇敢地走下去。

我看到她眨眨眼睛，轻轻地说——哦，我相信你。

毕淑敏
20 16.8.16 北京

（京）新登字 083 号

图书在版编目（CIP）数据

孜孜不倦地爱与被爱 / 毕淑敏著 .—北京：中国青年出版社，2016.10
（青春读书课）
ISBN 978-7-5153-4443-0

I.①孜… II.①毕… III.①散文集 – 中国 – 当代 IV.① I267

中国版本图书馆 CIP 数据核字（2016）第 201274 号

孜孜不倦地爱与被爱

毕淑敏 著

策　　划：李钊平
责任编辑：彭慧芝　刘　莹
内文插图：老老老鱼
装帧设计：今亮后声 HOPESOUND
　　　　　pankouyugu@163.com
出版发行：中国青年出版社
社　　址：北京东四十二条 21 号
网　　址：www.cyp.com.cn
编辑中心：010-57350371
营销中心：010-57350370
印　　装：鸿博昊天科技有限公司
经　　销：新华书店
规　　格：880 mm×1230 mm　1/32
印　　张：9
字　　数：200 千
版　　次：2016 年 10 月北京第 1 版
印　　次：2016 年 10 月北京第 1 次印刷
印　　数：1-20000 册
定　　价：32.00 元

如有印装质量问题，请凭购书发票与质检部联系调换　联系电话：010-57350337

Bi Shumin 毕 淑敏

毕淑敏写给男生女生的心灵成长励志经典

青春读书课
陪你人生走一程

文学界的白衣天使、著名作家、心理医师
作品入选全国中高考语文试卷最多的作家之一

01.《每一次卓越都来自倔强的孤独》
02.《所有的动力都来自内心的沸腾》
03.《孜孜不倦地爱与被爱》
04.《用心触摸世界的温暖和美好》
05.《绝望之后的曙光》
06.《在生命的所有季节播种》
07.《别给人生留遗憾》
08.《女生，我悄悄对你说》
09.《男生，我大声对你说》
10.《为了雪山的庄严和父母的期望》
11.《大雁落脚的地方》

定价：32.00 元（单册） 352.00 元（套装）

美好人生，从最美的青春读书课开始